山/纹/阅/读

山纹，木之纹理。随着年月的绵延，圈圈积淀。

.
.
.
.

山/纹/阅/读

▼

世情逐云系列

SHIQING ZHUYUN XILIE

戴玉祥 著

一棵白菜的
意外遭遇

天津出版传媒集团

天津人民出版社

图书在版编目（CIP）数据

一棵白菜的意外遭遇 / 戴玉祥著 . —— 天津 : 天津
人民出版社 , 2017.10 （2025.6重印）
（世情逐云系列）
ISBN 978-7-201-12255-7

Ⅰ . ①—… Ⅱ . ①戴… Ⅲ . ①小小说 – 小说集 – 中国
– 当代 Ⅳ . ① I247.82

中国版本图书馆 CIP 数据核字 (2017) 第 201826 号

一棵白菜的意外遭遇
YIKE BAICAI DE YIWAI ZAOYU
戴玉祥 著

出　　版　天津人民出版社
出 版 人　黄　沛
地　　址　天津市和平区西康路 35 号康岳大厦
邮政编码　300051
网　　址　http://www.tjrmcbs.com
电子邮箱　tjrmcbs@126.com

责任编辑　张　凯
特约编辑　李　路　吴珊珊
封面设计　金钻传媒
排版设计　西橙工作室

制版印刷　三河市天润建兴印务有限公司
经　　销　新华书店
开　　本　660×960 毫米　1/16
印　　张　20
字　　数　246 千字
版次印次　2017 年 10 月第 1 版　2025 年 6 月第 4 次印刷
定　　价　49.80 元

自序

文／戴玉祥

小村。夕阳下。

"狗蛋——回家吃饭啰——"

"猫蛋——还没疯够——"

每每，这种声音在耳边响起的时候，俺的思绪，就飘回儿时的那个小村。那个小村，傍晚时此起彼伏的喊叫声，让俺想起俺创造的那些"儿女"。那些"儿女"飘散各地，太阳落山的时候，俺也想像小村的父母一样，喊它们回家，吃饭睡觉。

想当年，俺大学毕业分配在一所高中任教，上面想提拔俺，考核俺时，俺说，俺的志向是新华书店的书架上摆有俺的书，做什么官呀！事后，有人问，后悔吗？好多年过去了，俺在实现文学梦想的路上，收获了喜悦、快乐和幸福。不后悔。真的。记得，俺的第一部小说集《不该送达的玫瑰》出版后，一天夜晚，俺的电话响了，一个女音说，老师，我又不认识你，怎么给我寄本书来？俺说，俺只是按购书单上的地址邮寄。对方说，我没有汇款购书呀？俺懵了，但，也只是一刹那的时间，俺恍然大悟，俺知道，可能是有人借助这部书，想向女孩传递什么信息，于是说，会不会是你的朋友、同学或同事给你购的呢？对方听了，哦了一声，挂了电话。还有一件事，那是一个夏夜，俺坐在小城公园八卦亭的石椅上，夜风吹拂，有月光围在亭外，很惬意。可，更让俺惬意的，是对面石椅上，两个学生的对话。"上午在书店，看见一部书，作者居然是我们小城人？""什么书？""《女生十八岁》。""我们班有人买，听说很好看，买了吗？""买了。""明天借我看看？""借什么借呀，上课偷看，让老师收去了。"俺听了，心里那个美呀！俺是哼着"甜蜜蜜／你笑得甜蜜蜜／好像花儿开在春风里／开在春风里……"离开的。

如今，俺飘散各地的"儿女"回家了。根据"儿女"们的个性，俺把它们分成五辑：生活百态、忘生励志、特别情感、另类隐秘和说段往事。希望这些不同个性的"儿女"，能通过其优美的文字、新颖的立意、精巧的构思，来满足读者口味，共筑精神爱巢，共享精神美食。

俺希望，春阳暖照的午后，你坐在阳台上，一边喝着下午茶，一边看着俺的书；

俺希望，夏天的傍晚，你坐在小河边，双脚放在河水里，一边泡着脚，一边看着俺的书；

俺希望，枫叶似霞的时候，你坐在枫林里，一边踢着脚前的落叶，一边看着俺的书；

俺希望，雪花飘飘的时候，你坐在被窝里，一边御寒，一边看着俺的书。
俺更希望，俺的书，能驻进你心里，溶进你的血液里……

戴玉祥

2017 年 3 月 18 日

目录 Contents

第一辑 生活百态

第二辑　忘生励志

第三辑　特别情感

第四辑　另类隐秘

第五辑　说段往事

生活百态

第一辑

● 一棵白菜的意外遭遇

临出门的时候，我发现了那棵白菜，它蹲在墙角，可怜巴巴地看着我。它是我昨天才从超市里买回来的，还没来得及享用，这又要出差了。想想两个月后回来，它腐烂的样子，我决定把它送人。

我拎起那棵白菜，出了门。

一家快餐店前，我把白菜放到正在洗菜的女服务员身边，我说，我要出远门，这棵白菜，不吃也是烂掉，就给你吧！女服务员冲我笑笑，说，那就笑纳了。这时候，一个腆着肚皮的男人走过来，先看看那棵白菜，再看看我。男人说，谢谢老兄，只是我们这店，不用白菜，对不起哇，请老兄拎走。男人这样说着时，表情就有些古怪。什么人啊，我心里嘀咕着，拎起白菜，转身走了。身后，有声音跟过来，小倩，你长不长脑子，平白无故，人家会送你一棵菜？这菜里要是有毒，闹出人命来，我找谁去？

这人怎么能这样想，老子是搞破坏的人吗？我觉得那个男人简直不可理喻。

我拎着白菜，继续往前走。

一家院子，大门开着，几个人坐在院子里闲聊，我走过去，我说我要出远门，这棵白菜，不吃也是烂掉，就给你吧！

其中的男人盯着我看了会，脸色明显阴沉下来。

其中的女人突然啐口吐沫，说，什么意思，你？

没什么意思，我说，就是觉得这白菜不吃也是烂掉，可惜了。

你是说，我们只配吃快要烂掉的东西，是吗？女人站起来。

不是不是，我解释，我是想这白菜不吃也是烂掉……

女人打断我的话，女人说，你到底啥意思？女人向我跳过来，手指戳着我的鼻子，女人说，滚，给我滚！

我还想解释些什么，见女人这架势，觉得没必要了。我转身离开。刚出院门，就听那女人说，老头子，你这才离开位置几天啊，这人就拿白菜来糟蹋你了，你想想，要还是在位置上，他敢这样来侮辱你？那时候，人家拎茅台、五粮液，我都嫌礼轻，现在……

女人呜呜哭起来。

这是哪跟哪啊！我觉得好笑，想笑，但笑不出来。

我拎着白菜，继续往前走。

前面是一个十字路口，东来西往的人贼多。我把白菜放到路口边，退到不远处，看着。

一个妇女，拎着菜篮，从白菜身边经过时，停下来，目光在四周扫过后，像是发现了什么异常，匆匆走开。

两个民工模样的人，看见白菜，冲它跑过去，可在距它约两米远的地方突然停下来。接着，转身往来时的方向飞跑起来。他们的跑动，引起一位胳臂上套着红袖章的老人的注意，老人追着跑了一阵，忽又折回来。老人跑到那棵白菜跟前，瞅了又瞅后，掏出手机。

　　不大会儿，防暴警察车开过来，他们先在那棵白菜周围划上白线，而后开始疏散过往的人。

　　有人嚷，不得了啦，恐怖分子放炸弹了！

　　接着就有人问，在哪儿呢？

　　接着就有人答，在一棵白菜里。

揉皱的火车票

女人抱着孩子，背着蛇皮袋，挤上车来。没有座位，女人把蛇皮袋放到走道上，一屁股坐下去。

女人穿着褪了色的蓝褂子，黑色的裤子皱皱巴巴的，头发蓬松。

女人把孩子放到腿上，双手揽着孩子。孩子不大，两三岁的样子，好像睡得很熟，一只手垂着，小拳头攥得紧紧的。

女人目光在周围扫过一遍后，停在孩子脸上。孩子好像很幸福，脸颊上绽着小花蕾。

女人附身轻轻地吻着孩子的脸颊。

列车员查票的声音传过来。

女人干裂的嘴唇离开孩子嫩嫩的脸蛋，屁股从蛇皮袋子上挪开，坐到过道上，双臂从孩子的身上顺过去，打开蛇皮袋，翻找起来。怎么没有呢？女人嘀咕，明明是买过车票的呀！女人不相信车票会长腿跑掉。女人还在翻找。好像该翻找的都找了，女人紧张了。要真是没有了，该怎么办呢？女人上齿狠劲地咬着下嘴唇。后来女人把自己身上的衣兜也翻遍了，还是没有。

女人没辙了，眼巴巴地看着走过来的列车员，她说，俺车票丢了。见列车员没什么反应，女人补充一句，真的丢了。列车员扫眼女人，说，丢了补票。

女人不作声，只是眼巴巴地看着列车员。

看我干什么？列车员催促，还不赶快补票？

身边的红头发女人，摸着脖颈上的项链，笑着跟对面的年轻人说，这种人，见得多了。

也是，年轻人附和，上次去深圳，碰到一位老太太，说是钱包丢了，没钱买票，回不了家，哭得泪水涟涟的，我见着可怜，给了她钱，你猜怎么着？

怎么着？

后来返回时，在售票处，我又见到了那位老太太，老太太还是说钱包丢了，没钱买票，回不了家，哭得泪水涟涟的。

这人啊，真的是什么样的都有。红头发女人感叹着。

俺不是你们说的那种人！女人显然是听到他们的对话了，你们不要侮辱人，俺的车票真的是丢了！

红头发女人乜眼女人。

年轻人的脸上也挂着不屑。

女人没管他们。

女人又开始翻找。蛇皮袋里全是男人的换洗衣服，一件一件都叠得好好的。女人一件一件地拿出来，抖开，再一件一件重新叠好，放进去。

很多眼球都粘在那叠得整整齐齐的衣服上。好像，那些叠得整整齐齐的衣服，应该与女人没有什么关系。

女人见有人看她，脸色像大山里熟透的野柿子般红了。女人说，这些都是俺男人的，俺男人在长沙做工呢，让俺忙完农活去看他，可俺怎么也没有想到，俺会把车票弄丢了。

女人的双手乱搓着，眼里噙着晶莹的泪水。

俺真的是买过车票的，女人眼巴巴地看着列车员，心说，俺要是多带钱了，早就补了。俺家母鸡屁股会厕钱呢，算什么呀！

不罚款，就很便宜你了。列车员木着脸，快补票。

女人的双手仍是乱搓着，眼里噙着晶莹的泪水。

女人说，俺真的没有多带钱，俺怎么没想到车票会丢呢？

邻座的一位老大爷，掏出三张百元钞，递给女人，还说，够了吧！女人狠劲地赶走眼窝里的泪水，推回老大爷的手，女人说，俺庄户人家，不兴要陌生人东西的。女人说过后，将熟睡的孩子抱起来，一只手探进孩子的肚兜里。

红头发女人哼了声，说，还真够入戏呢！

年轻人接话说，看看，看她还怎么演？

女人在孩子的肚兜里掏会儿，失望了。女人说，孩子他爹给娃买的长命锁，能值几个钱，可俺走急了，忘带了。女人这样说着时，就听见红头发女人在对年轻人说，呵呵，有看头了！

有什么看头呀，年轻人说，再演，还不就是想逃一张票吗？

俺不是逃票！女人愤怒了，大声呵斥，俺真的买过票的！

那就拿出来呀！年轻人紧逼。

对呀，拿出来呀！红头发女人附和。

女人霍地站起来，把熟睡的孩子扛到肩上，拎起蛇皮袋子，在列车员面前晃晃，像是下了很大的决心说，俺把这个留下，回头，俺再赎。

还没等列车员反应过来，女人咯咯大笑起来。原来，女人扛在肩上的孩子被吵醒了，孩子看着女人，喊，"饿——"接着孩子的小手就去摸女人的乳房，孩子在摸女人的乳房时，那只攥着的小手就松开了，一张皱巴巴的纸片就跑了出来。

那是一张火车票。

● 打杏

　　欣懿在街上溜达，碰到女孩。女孩肩挎黑色布包，手拿望远镜。女孩走近欣懿，像很熟的样子。女孩说，喂，溜达呀？

　　欣懿一时想不起来在哪儿见过女孩，只好敷衍说，是啊。但眼睛却盯着女孩。女孩红发披肩，苹果脸，弯弯眉下汪着一双会说话的眼睛。那眼睛，随意看你一下，保你会有被电着的感觉。

　　欣懿就有这种感觉。

　　女孩抬起白嫩的手，在欣懿眼前晃了晃。欣懿的目光，这才从女孩身上拔回来。

　　女孩说，买副望远镜吧？

　　女孩边说着，边把望远镜按到欣懿手里。

　　欣懿举起望远镜，很远的地方，都看得清清楚楚。欣懿说，质量是不错，买下了。手伸衣兜里，准备掏钱。女孩拦住欣懿，说，再试试嘛，要是有什么问题，也好调换。

欣懿觉得女孩真负责，再次举起望远镜，往很远的地方看。女孩在一边帮着，口吐着兰香，挺挺的乳房，有意无意地蹭着欣懿的肌肤。欣懿的心怦怦跳起来。更让欣懿心跳的，是欣懿从望远镜里，看见一个男人把手伸进了走在他前面的那个女人的衣兜里。贼？欣懿边说着边指着远处的那个男人给女孩看。女孩见了，喊句"抓小偷啊"，接着便跑开了。肩头的黑色布包还掉了一次，女孩捡起来，继续跑。

欣懿看着女孩跑开去的背影，想，傻女孩啊，这么远，跑过去有啥用？但内心里，欣懿被女孩的精神感动着。

渐渐地，女孩从欣懿的视线里消失了。欣懿这才想起手里的望远镜还没付钱呢。欣懿手伸向衣兜掏钱。欣懿这一掏，浑身惊出冷汗来。衣兜里的钱夹，不翼而飞了。那里面，装着五千块钱啊！

怎么会是这样呢？欣懿不愿意把女孩往坏处想，可现实真是太残酷了。

欣懿手拿着望远镜，没精打采地走着。身边的行人，投过来怪怪的目光。街口，欣懿看见一个中年妇女，穿紫色衣裤，修长的脖颈上，戴着粗大的项链。

欣懿走近中年妇女，像很熟的样子。欣懿说，喂，去超市啊？

中年妇女显然是不知在哪儿见过欣懿，只好敷衍说，是啊。

欣懿举起望远镜，说，买一副吧，很好玩的。

欣懿边说着边把望远镜按到中年妇女手里。

中年妇女举起望远镜，很远的地方，都看得清清楚楚。中年妇女说，是很好玩，买下了。手伸衣兜里，准备掏钱。欣懿拦住说，再试试吗，看看有没有问题？

中年妇女觉得欣懿真负责，再次举起望远镜，往很远的地方看。欣懿在一边指导着。突然，中年妇女惊叫起来。中年妇女从望远镜里，看见一个男人把手伸进了走在他前面的一个女人的衣兜里。贼？中年妇女边惊叫着边指着远处的那个男人给欣懿看。欣懿见了，喊句"抓小偷啊"，接着便跑开了。

欣懿跑了一阵，气喘吁吁，见没有人追，停下来，掏出钱夹，点了点，六千多块，心情好多了。

欣懿岔上一条小路。

小路边，杏树下，一位老者，手举木棍，在打杏。一颗颗青杏落在地上。欣懿看不过去，说，老人家，这杏都还没成熟，打下可惜了。

老者从地上拾起一个，递到欣懿手里，说，你看看，被虫子咬坏了，这种杏，要是不打下来，被咬坏的地方，会腐烂，会把好的杏也弄坏，不打掉，不行啊！

是这样啊……

欣懿心里咯噔一下，继而转身，沿着刚刚跑过的路，返回了。

● 玩笑

石头和木头站在大树下闲聊，梅从面前走过去。

木头望着梅婷婷的背影，说，石头，梅的男人真是太幸福了！

石头说，这话怎么讲？

木头说，梅那么优秀，那么出类拔萃，那么……

石头说，你对梅有意思？

木头说，有意思又能咋样，人家已经是别人的老婆了，还能咋样？

石头说，去抢啊！

木头说，石头你这是让我犯错呀！不过……

木头盯着石头，半晌，才说，石头，帮哥个忙？

石头说，怎么帮？

木头附石头耳根交代一番。

石头听后，拍着胸脯说，小意思，看我的！

梅刚到单位，手包还没有放下，校长就过来喊她了。她坐在校长对面，看校长端起茶杯，下唇在杯沿上粘了下，又放下了。梅觉得校长有意思，急火火地把自己喊过来，难道就是让自己看他喝茶？梅这样想着时，表情就显得不耐烦。校长看出了梅的心思，只是话还没有斟酌好，不知怎样开口。梅坐不住了。梅站起来。梅说，校长，没事我走了？校长说，梅你先坐下。梅只好又坐下。校长看着梅。校长说，梅你工作很出色，老师学生都喜欢，可越是这样，你越是要严格要求自己，把精力放在教学上，至于感情的事……

梅回到办公室，坐那儿发半天呆，也没搞明白校长话里的意思。

放学回家，见妈妈堵在家门口，梅惊诧。梅问妈妈，你怎么过来了？妈妈神神秘秘地拽起她就走，还说，跟妈妈回去，妈妈有话问你哩。

梅随着妈妈，来到妈妈家。

梅问，妈，是啥子话呢？

妈妈没回答。

妈妈端出做好的饭菜，给梅盛上，看着梅大口大口地吃，妈妈的眼角流出泪水来。妈妈说，木头人是不错，小说写得也好，可再好，你也是有男人的人了，闺女，与木头断了吧！

梅嘴里塞着的饭喷了出来。梅说，妈妈你说啥呢？什么与木头断了？我与木头怎么了？

梅把碗摔在地上。

梅夺门而去。

梅跑回自己的家，合衣倒到床上。

男人歪歪斜斜地回来了，浑身散着酒气。

起来！男人歪到床边，你给我起来！

梅没理睬。

男人吼，臭婆娘，给我起来！

梅忽地弹起来，也吼，你骂谁呢？

骂你！男人的巴掌掴过来，骂，还便宜你了。

男人把梅摁到地上，狠劲打。

木头从门前过，看见男人在打梅，闯进来。木头说，你个大男人，怎么打老婆？木头这样说着时，拳头就落到男人身上。男人挨了打，一边咆哮着，一边与木头拼命。还喊，快来人呐，奸夫淫妇要杀人呐——

小区的人跑过来。

后来，梅便与男人离婚了。

再后来，梅真的嫁给木头了。

这天晚上，木头约了石头。木头与石头喝着酒，话题就扯到梅身上。木头说，当初不是让你开个小玩笑，逗逗梅，怎么整出那事来？

石头说，后悔了呀！

木头说，后悔啥，只是这样糟践梅，心里过不去。

石头笑，还说，梅嫁你，没错。

一双红花布鞋

苦子背着装麦的袋子，赤着脚，轻轻地拉开门闩。

天空的月亮弯弯的，亮亮的。

苦子在门前站了会，见爹的屋里没有动静。苦子知道，自己是没有惊动爹。苦子舒口气，背着装麦的袋子，朝村口走去。

邻居的狗叫起来。苦子低声吼，眼瞎了你，是我。狗便不叫了，摇着尾巴向苦子晃来。苦子说，别跟着，回头带馍给你吃呢。狗像是听懂了苦子的话，站住不走了。

公鸡的打鸣声，在静夜里脆响着。

出村口不远，是一爿坟茔地，坟茔馒头般叠着。风颠过来，树们兴奋了，摇头晃脑。苦子走在其间的小路上，脸上的汗水吧嗒吧嗒往下掉。

苦子又累又怕。

赶到河边时，天色放亮了。河对面的小集镇就有收麦子的。

苦子蹚下河去。虽是五月天了，但清早的河水，还是有些凉。这让苦子很不适应。苦子觉得腿肚子僵硬起来，用起来很不方便。苦子想寻个地方歇一歇，可满眼的河水在面前哗哗地流着。苦子只好硬着头皮往前走了。

苦子没走几步，就觉得腿颈子的筋凸起来，疼得要命。

苦子歪倒了，袋里的麦子撒进河水里。

苦子呛了几口水，支撑着站起来。看着正随河水漂走的空袋子，苦子剜心的痛。

苦子伫立在河水里，直到有赶早集的蹚下河，苦子才恋恋的往回走。

但苦子没有回家。苦子怕爹见了会问他衣服怎么湿了。苦子到自家的秧田拔草去了。

到底是五月的天了，太阳升起来后，苦子就感觉到火辣辣的热了。

后来苦子爹也来了，苦子爹见了苦子，就说，娃，饭热着呢，回去吧！还说，这点草，爹一人就拔了。

苦子听后，眼泪就不听话了。苦子觉得对不住爹。那可是黄亮亮的麦子呀！

但，就在这天晚上，苦子又干了件对不住爹的事。

天黑下来，爹早睡了，苦子没睡。苦子赤着脚，耳贴着东屋的门。苦子听到爹的鼾声了。苦子离开那门，摸到鸡圈边，伸手捉了只母鸡。母鸡受了惊吓，咯咯叫起来。苦子慌忙用手捏住鸡嘴，折回自己的小屋。苦子将鸡嘴用布条缠了，还捆了鸡的翅膀和腿，而后把它塞进床肚里，这才睡下了。

窗外，一勾弯月身边，繁星点点。有风，在静夜里轻吟。

苦子躺在床上，瞪大着眼睛看着窗外空蒙的夜色，想着花子。有些时间了，苦子没有见到花子。不是花子不见，是苦子不想见。苦子觉得，自己心里装着花子，怎么着，也不能再空手见她了。苦子也想浪漫一回，想捂着花子的眼，让花子猜给她带什么来了。花子左猜右猜，就是猜不到。苦子这会儿捧上红花布鞋。花子高兴地捶着苦子的胸脯，嗔，死苦子，哪来的呀？苦子只是笑，不搭话。花子的小拳头就更忙活了。

苦子在花子小拳头的忙活声中醒来。

公鸡的打鸣声很稠，邻居的狗吠声很响。

苦子一骨碌爬起来，赤着脚，弯身在床肚拽出那只母鸡。搂在怀里，苦子觉得不对劲。母鸡的头怎么耷拉了呢？苦子解开鸡嘴上的布条，还有翅膀和腿上的，这才发现，母鸡已经死了，像刚死的。

苦子呆了。

后来苦子给爹留了张字条，走了。

苦子是去南山扛橡子了。南山一百多里地，太阳偏西的时候，苦子就到了。苦子瘫坐在山包上，目光在山林里寻。那时候，晚霞透过叶隙跑进来，林子里通亮通亮的。苦子左寻右寻，终于寻到心仪的啦。苦子砍了那树，削去树枝。这会儿，苦子就觉得浑身有使不完的劲。

苦子沐浴着月光，顶着星星，越岭过岗。太阳红着脸蛋挪出来的时候，苦子赶回来了。苦子卖了橡子。

苦子攥着卖橡子的四元钱，走进了油条店。

苦子着实是饿了，狼吞虎咽地吃掉十根油条后，苦子还喝了两碗白开水。出来后，苦子后悔了，后悔花掉的五角钱。

苦子走进"供销社门市部"，在那儿，苦子花三元钱买了双红花布鞋。

苦子揣着红花布鞋，跑到花子家。

苦子捂住花子的眼，说，猜猜，俺给你带啥了？

花子挣脱，说，带啥了？

苦子捧出红花布鞋，问，喜欢吗？

花子见了，脸色立时转阴了。花子说，不就是一双鞋吗，谁稀罕呀！

那一刻，苦子犹如隆冬天里，被人当头泼了一瓢冷水，嘎嘎的冷，感觉浑身散架似的，又累又困。苦子忽地跌倒在地上。

● 风筝

出村口不远，是一片广袤的草地。

小草青碧碧鲜嫩嫩的，叶尖上绽着晶莹的水珠珠，阳光躲在水珠珠里，有风吹来，水珠珠随着那叶尖晃动着。

女孩在这片草地上放风筝。

女孩的风筝是红蝴蝶的那种，飞在蓝蓝的天穹下，划着优美的姿势，蛮诱人的。女孩目聚着风筝，白嫩的粉手抖动着风筝线，笑靥如花。

女孩好高兴。

女孩在草地上蹦跳着，还唱：

蝴蝶飞呀就像童年在风里跑
感觉年少和彩虹比海更远比天还要高
蝴蝶飞呀飞向未来的城堡

打开梦想的天窗让那成长更快更美好

……

女孩正唱着，忽见天空多了只风筝，那风筝也是红蝴蝶的那种。

女孩不唱了。

女孩顺着那风筝飞起的方向瞄过去，女孩看见，不远处的青草地，有个小男孩正仰着小脑袋，在放风筝呢。

女孩觉得好玩。

女孩拽着风筝线跑到小男孩身边，女孩说，你放风筝呀？

小男孩扑闪着大眼睛看会儿女孩，回答，是哩。

小男孩说后，又拽着风筝线，把风筝往高空放去。蓝蓝的天穹下，两只红蝴蝶时上时下，忽高忽低。

女孩觉得特来劲。

女孩告诉小男孩说，我们比赛吧！

小男孩说，怎么比？

女孩说，比飞高。

小男孩点点头。

女孩拽着风筝线，在草地上跑起来，边跑边放风筝线，风筝越飞越高。小男孩也不示弱，也疯跑着，让风筝紧紧咬着女孩的风筝飞。

女孩好生气，拼了命地跑，拼了命地放风筝线。

小男孩追着女孩，嘴里还喊：小姐姐，我的红蝴蝶追上你的啰！

女孩看看天空，觉得没面子，就一个劲儿放着手中的风筝线。小男孩的红蝴蝶还是咬着不放。女孩急了，眼见手中的风筝线不多了，女孩还在放。

女孩手中的筝线没有了。

女孩看着自己的红蝴蝶把小男孩的红蝴蝶越落越远，心里特高兴。

女孩欢呼着，还奔着小男孩跑过去，骄傲地看着小男孩。女孩说，我胜啦！我胜啦！

女孩蹦着跳着，欢呼着。

但女孩旋即就不欢呼了。

女孩的红蝴蝶在高空飞着飞着便飞远了，女孩想拉回，这才发现手中的风筝线没有了。

女孩哇的一声哭起来，还说，我要风筝我要风筝我要……

小男孩边回收着筝线边看着越降越低的红蝴蝶，小男孩说，小姐姐，别哭呀，我这风筝送你吧！

女孩听小男孩这么一说，响着更大的哭声，捂着脸跑开了。

小男孩站在青青的草地上，望着女孩跑开去的背影，心说，小姐姐，你别哭呀！

这天晚上，女孩躺在床上，瞪着窗外清清爽爽的月色，想着她的红蝴蝶，想着想着，便入梦了。

女孩来到村口不远处的那片广袤的草地。

小草青碧碧鲜嫩嫩的，叶尖上绽着晶莹的水珠珠，阳光躲在水珠珠里，有风吹来，水珠珠随着那叶尖晃动着。

女孩在这片草地上放风筝。

红蝴蝶在天空自由自在地飞翔着。头顶，有白云飘飘；身边，有叫不出名儿的小鸟扑展着翅膀，翩翩起舞。

女孩拽着风筝线，幸福得犹如刚从蜜罐里钻出来。

女孩欢呼着。

但女孩旋即就不欢呼了。

女孩看见，她的红蝴蝶不知怎么就挂在了树梢梢上。

女孩拽着风筝线，可那风筝线好像也恋着树梢梢，一个劲儿往它身上缠。女孩越拽，那风筝线就越往树梢梢上跑。

女孩哇的一声哭开了。

女孩醒了。

女孩瞪着窗外清清爽爽的月色，还是想着她的红蝴蝶。

翌日，女孩起来，看见窗外楝树的枝丫上，挂着风筝。风筝也是红蝴蝶造型，和她飞跑的那只，一模一样。

瞅着风筝，女孩感觉有些怪怪的。这风筝怎么会自己跑回来呢？女孩在心里画着问号。

女孩捧着风筝去了不远处那片广袤的草地。

小草青碧碧鲜嫩嫩的，叶尖上绽着晶莹的水珠珠，阳光躲在水珠珠里，有风吹来，水珠珠随着那叶尖晃动着。

女孩站会儿，便放起风筝来。

红蝴蝶在高空盘旋着，划着优美的姿势，煞是好看。

女孩应该高兴，可女孩高兴不起来。

女孩目光在四处里扫着。

女孩是希望小男孩能来与她一块儿放风筝，比赛谁放得高，可就是不见小男孩的影子，女孩好失落。

女孩不想放风筝了，女孩在收风筝线时，看见了小男孩。女孩跑过去，可那小男孩见了女孩，像做错了什么似的，转身就跑。

边跑边喊：小姐姐你玩……

• 你相信缘分吗

雾重，飞机不能起飞。他退了机票。

手捏着动车车票，进站，坐到座位上，心还像被猫爪抓着。他不知怎么了，就是觉得要出去走走，随便走走。

她走过来，挨着他的座位坐下，秀目盯着窗外。

他发现她，心开始颤抖。她依然秀目盯着窗外。

他说，怎么会是你？

她觉得声音好熟，移过秀目。怎么会是你？她惊诧。

他笑笑，想以此舒暖些气氛。她也笑笑，只是那笑，很浅，像十年前的那天一样。那天，她就是这样笑着对他说，我们分手吧！他没有犹豫，还装着不经意的样子，回说，分。那时，都正值青葱岁月，都自我感觉良好。

沉默。

路边的树梢在窗外晃过。

他问，是出差吗？

她答，不是，是看老公。

他哦一声，脸部闪过一丝忧郁。她见了，暗暗窃喜。

她问，你呢？

像从某种思考中走出，他答，看我老婆。

她也哦一声，抬手挠挠黄亮的头发。他见了，暗自高兴。他记着这个动作。从前，在一起时，她开哭的时候，总是这样。但今天，她没有哭。

又沉默。

晚阳碰在车窗上，火烧般红。

她秀目盯着窗外。

他也是。

天色完全暗下来的时候，N城到了。走出站台，他问，老公没来接你？她说，没告诉他，你呢？我也是。他答。说后，他伸手拦辆的士，在弯进去的一瞬，冲她怪怪地笑笑，那样子，像是逗她吃醋。

她还真是不大好受，后来住进宾馆，扑在床上，放声哭了一阵。

一轮圆月，泻着银辉。

她走出宾馆，碎步敲着青石板路，来到海滩。

皎月朗照，海风轻拂。

望着母乳般的海面，她思绪翻飞。

有手搭上她的肩头，她怔下，见是他，一脸惊讶。她说，怎么，没回去抱老婆哇？音调里泡着揶揄。他装着没有听出什么弦外之音，他说，你呢，怎么来了这里？

她一仰脸，硬硬地甩了一句，我乐意，管得着吗？说后，竟哼着小调，踢着满地的月色，走了。

望断她的背影，他自语：她怎么也会来这里，难道……

生活真是特有意思，一年后的浅夏时节，他们又相遇了，相遇在西双版纳的原始森林里。

当时，他在森林里已转悠三天，身上带的干粮也吃完了，他开始害怕了。其实，他要是打个电话，什么事都解决了。何况，他腰里就揣着手机。但他没有。他觉得，这事传出去，会让人笑掉大牙的。现在，手机没电了，就是想与外面联系，也联系不上。像一只无头苍蝇，他在森林里乱碰乱撞着。

还真撞上她。

她也是迷路了。

缘分。他欣喜地攥着她的手。她的手凉凉的。他知道，她准是饿肚子了，她肚子里没东西，手就凉。他四处寻找能吃的东西，每找到可以入腹的，他都先尝尝。他怕有毒，或者味道不好。

她感动了。她说，有一件事，想告诉你。

他说，什么事？

她说，其实，我没有老公。

他拥过她，声音有些发抖。他说，其实，我也是一个人过。

她听了，泪珠子叭叭砸到地上，两只软绵无力的小拳在他胸前敲着，还说，你真坏……

● 怎么会这样

一道闪电，一声炸雷，一阵急促的雨点砸下来。

他脱掉外衣，罩到她身上，捉起她白嫩的小手，往公路跑去。她的"宝马"停在那儿。

共进晚餐后，她说，去郊外玩玩吧！他说，好。她开着"宝马"，他坐在副驾上。"宝马"轧着柏油路面，走出城市，犁进郊外的暮色里。在一条小河边，车停下来。沿着河堤，他们手挽着手，静静地走着。爱情在彼此心里泛滥，尤其她，样子十分高兴。没想到，这会儿，竟下起雨来。

他身子已被雨点砸湿，她也没好到哪儿去。就在接近"宝马"时，借助闪电的光亮，他发现路边躺着一个棕色钱袋。他捡起来。这会儿，她已钻进车里。他还愣在雨地里。她喊："快上车！"他恍然。坐到副驾上，他说，等等。接着他便打开那个棕色钱袋，厚厚的一沓，少说也有一万元。她高兴，想开车离开。他没让。他说，再等等，说不定失主就寻过来了。

她虽不高兴，但还是没发动车。

闪电。炸雷。雨声。

他们候在"宝马"里，静静地等着时间从面前轻轻划过。

失主还是没有出现。她急了，回去吧？她说。他没作声。回去吧？她声音大了些。他说，不。还说，一万元可不是个小数目，失主该着急了。她生气了。她说，要等你自己等吧！他目光在她脸上走过一遍后，什么也没说。

他站在雨里，手里攥着那个棕色钱袋。

自然，他没有等到那个丢失钱袋的失主。天亮后，他把钱袋交给了"交警"。拖着满眼的睡意，他回了自己的小屋。刚躺下，她的电话就过来了，让他与欣秘书去 N 城。

赶到 N 城，暮霭已重。只好先住下来。

他真困了，头挨枕头，就入睡了。一股逼人的香水味薰醒了他。欣秘书白嫩的玉臂环着他的脖子，口吐兰香，好好喜欢哦。那声音，娇滴滴，软柔柔。他猛地推开欣秘书，脸色即刻阴沉下来。他说，你怎么进来的？还说，你怎么可以这样啊？

欣秘书低垂着头，走开了。临出门时，小声嘀咕句，这人怎么这样哇？

他重新躺下，只是，这会儿，没了睡意。欣秘书青春的身体在眼前晃荡着，还有她离开时嘀咕的那句话，那舌根底下藏着的意思，傻子也知道的。

但自己是有未婚妻的人，他警告自己。

从 N 城回来，她设宴接风。

散宴后，他们手挽着手，出了酒楼。她没有开车，她说这么做，就是想与他在一起放开地喝酒，开心地逛马路。他听了，心生感动，决心要好好为她付出、为她分忧，不让她一个女孩子，身上扛着这么重的担子。

左拐，是一条青石板铺就的小路，两边的白杨树梢正在高处接吻，走在这样清幽的路上，爱情会从每一个毛孔里冒出来。

他们现在就是这样。

突然，一阵乱响，有几条人影蹿过来，推开他，拖起她就走。他跃起，边大声地喊叫着，边落到她面前，用身体护着她，任凭那些人怎样捅他踢他，他紧紧抱着她，就是不肯放开。

后来，他住进了医院。

她守着他，被他感动得泪流满面。

看着心爱的人毫发无损，他宽慰，心里的甜蜜驱赶走了肌肤上的疼痛。目聚着她，爱意写在脸上。

可她，却幽幽地哭了起来，还说，没想到他们几个下手会这么狠呀!

他不解。

她抹把眼泪，冲他甜甜地笑笑。好了，她说，这下我放心了。接着，她说为了守住父亲留下的这份产业，在交男朋友方面，她得谨慎。末了，她十分高兴地告诉他，她说，你经受住了考验。

考验?他恍然。原来那个钱袋、欣秘书，还有那几条人影……他觉得浑身透骨的凉，更觉得守在身边的这个女孩十分陌生。他一骨碌爬起来，临出门时，扔下一句话:我们结束了。

怎么会这样?望着他离去的背影，她莫名其妙。

• 丑人程咬银

程咬银真的很丑。

具体丑到什么程度，我没见过。他的同学王六美提到他的名儿，身子就颤抖，像怕被瘟疫传染一样。我认识王六美，通过王六美，了解到他的一些情况。

程咬银小时候不念书，后来长大了，倒拼死拼活要念，没办法，他的父亲只好找关系，让他直接念初中。

那天，程咬银走进教室，可把同学们都吓傻了。老师给他安排座位，没一个愿意跟他同桌。没办法，老师只好召开班干部会，动之以情，晓之以理，希望班干部们能带个好头。结果，班干部们宁愿辞"官"不做，也没人带这个头。没办法，老师只好请示校领导，在教室后面加了一张桌，程咬银自己坐。

程咬银独坐一桌，又在最后排，不搭理他就是了。时间久了，同学们心理上的恐惧也就渐渐淡去了。千不该万不该，程咬银他不该去美容。真搞不明白，程咬银他是出于什么目的。这下，班里炸开了。女生们捂着脸，一个个像受了惊的马，脱缰似的跑出教室。男生们胆子大些，几十人拥在一起，壮着胆子，喊：妖怪——滚蛋——

程咬银只好"滚蛋"了。

后来王六美也辍学了。王六美与程咬银在一个生产队，为躲避他，王六美少挣了不少工分。那年月，分粮食是按工分的。因为这，王六美没少挨父亲整。要不是发生那件事，王六美还会继续挨父亲的整。那件事发生得有点突然，本来晴朗的天，说变脸就变脸，满满一稻场的麦子，眼看要被雨淋着，队长吹响哨子，破着嗓子喊：插秧的，犁田的，车水的，不管在干什么的，都给我停下来，赶快来稻场收麦子。队长的声音刚落，人们便从四面八方跑过来。程咬银也拎只笆斗跑过来。都在抢运麦子，谁也没注意他。后来麦子被抢运到粮仓里了，看着可天而倒的大雨，人们的脸上绽开了笑容。就在这时候，不知是谁喊了声"鬼——鬼啊——"，人们的目光聚向他，接着就有人往雨地里跑去，接着就是一道闪电一声霹雳，接着人们就发现那个往雨地里跑的人被雷击倒下了。

这件事震动很大。

生产队长更是抓住程咬银的头发，边凶边骂：你个魔鬼，不让你出工，你怎么来了？

原来，程咬银一出工，就有好多人怕，不敢出工了。生产队长从大局出发，不让他出工。

本来想表现一下，希望人们能接纳他，能让他出工，现在……

程咬银什么也没说，低着头，默默地走开了。

之后的事，王六美说她不知道了。

我找到程咬银的父亲。我说，听说程咬银死了，好好的，怎么就死了呢？程咬银父亲的眼窝里滚着泪水，声音有些哽咽。程咬银的父亲说，小银（程咬银的乳名）打队里不让出工后，白天就窝在屋子里，门槛也不出，只是清早或夜晚，偶尔到外面散散心。那天，天刚蒙蒙亮，小银就出去了。沿着秧田埂走，嗅着秧苗的清香，小银高兴起来。小银一高兴，就忘记时间了。太阳从东边冒出来时，小银看见南大塘边，两个女人在车水。我们这儿车水是要四个人的，见只有两个女的，小银跑过去，帮忙。没想到，那两个女人见了小银，惨叫一声，双双跌落水里。小银跳了下去，那两个女人得救了，小银他……

程咬银父亲的喉结咕咚几下，还想说些什么，没说。

我说，家里有程咬银的照片吗，我想看看他。

谁知，程咬银父亲听后，捶着胸，哭号起来：小银，爹对不起你哇——原来，程咬银七岁那年，父亲到照相馆照相，他跟了去，本来可以照一张的，可父亲没让。父亲戳着他，说，你是真不知丑哇！

那之后，程咬银再没提过照相的事。

• 真心的话

初夏的晚上，院子里凉爽得很。

男人坐在石桌边，女人也坐在石桌边。看着天空的月亮，男人心情好起来，男人说，喝点吧！女人点点头。

女人起身走进房里去。

女人从冰箱里取了凉菜还有红酒。

男人和女人喝着酒，话语便也多起来。

男人说，五年了，时间这家伙跑得还真是快，这一闭眼一睁眼，我们结婚就五年了呀。想想五年前，男人挠挠头皮，不好意思起来。

女人笑，还说，那时候，你就像一条小尾巴，俺走哪你跟哪，上个厕所，你也守在外面呢。

男人说，你也好不到哪里去。

男人咕嘟灌口酒，看着女人，男人说，那年冬天，为了见俺，你沿着新挖的水渠跑过来，俺见你鞋和裤子都湿了，裤子上还挂着冰碴碴，可你竟然还没有感觉到。男人刹住话，只是拿眼睛看女人。女人被看得不好意思了。女人说，看俺干吗？女人还说，那一次，俺跟你说分手，其实只是想逗逗你，没有想到哇，你居然偷偷喝"敌敌畏"，要不是发现早……

男人眼窝湿湿的。

女人眼角也挂着泪花。

沉默。银银月色，静静地躺在院子里。

男人揽过女人，看着女人微微颤动的鼻翼，心怀内疚。男人说，结婚这几年，俺大多在外面跑，你一人守着家，还要干地里活，辛苦你了。女人偎在男人怀里，见男人这样说，泪珠子就叭叭砸到地上。女人说，你能这样想，俺心里就敞亮了。俺在家里，苦些累些，没什么。俺就是怕你心里没俺啊。

男人说，俺不会。

女人说，嘴是这么说，可俺感觉……

女人这样说着时，抬手赶走了脸上的泪，凝眸看着男人。女人说，你在外面真的没有人？

男人说，没有。还说，骗你是小狗。

女人不相信。女人还是说，可俺感觉……

男人急了，男人一急就要给女人跪下去，女人没让。女人拽着正要下跪的男人，女人说，你外面真的没人，就不会对俺一点也不用心了。女人这样说着时，脸颊就排出红红的云。女人说，感觉你一点也不在乎俺。

男人顺势搂起女人。

男人把女人抱在怀里，吧唧亲起来。男人说，谁说俺不在乎你？

女人娇嗔，就是不在乎啊，俺一个女人在家里，你就不怕俺……

男人明白了，男人说，俺早防着呢！

什么？女人猛地推开男人，你早防着俺，怎么防俺啊？

男人笑了，还说，俺对村里人说，俺老婆跟王大胖子好上了，王大胖子谁敢惹呀，那可是十里八乡闻名的小混混哇。男人说过后，眼神就移到女人的脸上。

女人紧着的脸色疏朗了。

女人端起酒杯，一饮而尽。

又一个凉爽的夜晚，王大胖子在女人身上耕耘后，眼睛搁在女人的脸上。王大胖子说，你就不怕他在外面找女人？

女人摇摇头，很自信地说，不会。还说，俺对他公司里的人说，俺老公跟他同学刘琳琳好上了，刘琳琳谁敢惹呀，市刑警大队大队长。女人说过后，莫名其妙地不安起来。

怎么会有这种感觉呢！女人忐忑着。

• 白色土路

一条泛着白色的土路，两边长着茂壮的白杨，白杨的枝丫在高处交叉着，造型像一座拱形的桥洞，那土路就像一条河，有河水轻轻地往里流去。

那时候我在乡间休假。读大学以来，我养成了晨跑的习惯。我像哥伦布发现新大陆一样发现了这条土路。我很高兴在这条路上晨跑。

这时候我发现了女孩。女孩短发齐肩，弯弯的眉，高高的鼻，薄薄的唇，给我一种很健康很青春的感觉。看到女孩，我就想起在《美国丽人》中扮演安吉拉的那个米娜·苏瓦丽，我曾经把这个美人的相片放在我书桌前的相架上，不言而喻，我是多么喜欢她。

我说，晨跑呀？

女孩冲我浅浅地笑笑，算是答了。

于是我就放慢速度，希望女孩能够与我一块晨跑，可无论我怎么放慢速度，甚至是在步行了，女孩还是远远落在我的后面。我知道女孩不是晨跑了。女孩苦着的眉头告诉我，女孩有很多心事。女孩是在这条土路上释放心事哩！

我只好继续我的晨跑。

返回的时候，我撞到女孩，女孩又冲我浅浅地笑笑，没有作声。我也回女孩一脸浅笑，也没有作声。

后来很多天，都是这样。女孩在土路上走着，好像永远走不完这条路。

那是一个阳光午后，喝了下午茶我走上那条土路。女孩仍在。女孩忧忧郁郁地在土路上走着。我靠过去，与女孩并肩。

我说，你一直在这条路上。

女孩捋捋额前的短发，亮着一双大眼睛看我，是呀！

我说，怎么总是在这条路上？

女孩说，挺有意思呀！

女孩是这么说着，可眼眶明显地湿润了。我知道触到了女孩的痛处，忙说，不好意思，我们改个话题吧！

女孩说，还是说出来吧！

女孩脸上挤出一抹薄笑，女孩说，我很崇拜宋庆龄。

我说，我也崇拜。

女孩说，你崇拜她啥？

我说，她是一个伟大的革命家。

女孩凄苦地笑笑，这是哪跟哪呀？

我说，你崇拜她啥？

女孩说，敢爱呀！孙中山大他那么多，可她就是要爱他。

我感觉到女孩舌根底下压着的是什么话了，我说，你是遇到这种麻烦了？

什么麻烦呀！女孩脸上淌过一阵幸福，可人家说我太小了，你说，我该怎么办？

我摇摇头。其实我正在经历着爱情。我和爱我的那个女孩都还小，我不愿过早搅进感情的漩涡。我躲到这儿来，就是想认真地思考这事儿。

但女孩的问题碰疼了我的情感，我越发地思念远在滨海小城的雯雯了。我决定回去看她。走过那条土路时，我看见女孩在土路上走着。我冲女孩笑笑，女孩也冲我笑笑。

回到小城，我就给雯雯打电话。雯雯说她到另一座城市去了，让我等她，她明天回来。我很想见她，但又没有别的办法，只有耐心地等她。

阳光总是一点也不吝啬，满满地铺在地上。

我决定去海滩打发这段光阴。

一蓬蓬太阳伞下，坐着穿泳衣的男女，我心情爽起来，我想起当年在夏威夷海滩与好莱坞明星艾莉西娅·西尔维斯通共泳的情景。往事如烟，现在雯雯要是在身边……这时候，我发现我的眼睛好像给什么塞了下，我狠劲地揉揉，但我还是看见雯雯穿着泳衣和一个男人坐在太阳伞下……我只觉头晕目眩，我不知是怎么离开海滩、离开滨海小城的。

我再次踏上这条泛着白色的土路时，我看见女孩仍在土路上走着。我走过去，很抒情地告诉女孩，回去吧！说着我就伸手捉过女孩，我们开始回头走。可走了一阵，我们只好站住了，女孩说，走哪一条路呀？我们正站在一条岔路口处，有几条更小的土路呈放射状摆在面前。我说，我也不知道，你说呢？女孩挠挠后脑勺，没作声。片刻之后，我们不约而同地转过身去，我们沿着土路一直往前走。可走了不大一会，我们又站住了。

面前是一条河，河水奔腾咆哮着。

我们站在河边。

女孩说，怎么就没路了呢？

我也说，这路哪儿去了呢？

● 俺在逃亡中

　　俺是一个农民工，在砖厂干十一个月又十六天啦，老板还不给俺工钱，俺该怎么办？正月初二那天离开老婆时，老婆哭哭啼啼不让走，俺拍着胸脯告诉老婆，说阴历小年前一定赶回来，背着一大包钱赶回来。老婆破涕为笑，老婆说，背不背钱回来不重要，重要的是你一定要回来。当时俺感动得哦，捧着老婆的脸狠劲地啃。还有几天就到小年啦，老板还没有给俺工钱的意思，俺第 N 次找到老板。

　　老板很不高兴，说俺，你这人咋恁小气，老板不会为你这几个小钱跑走吧。俺说跑不跑那是你的事，俺要俺的工钱，俺老婆还有念书的女儿都等着俺回家过年呢。老板笑笑，说真没想到呀，看你黑不溜秋的，心肠还蛮好呢。人黑咋啦？俺说，只要心不黑。没想到，俺这话竟惹恼了老板。老板脸上的横肉抖动着，狮子般吼起来：我心就黑啦，就不给你工钱啦，你怎么着？俺当时真的很冲动，血好像要冲破血管跑出来啦。俺捡起砖块，就朝老板拍过去。这胖家伙真的不经拍，不就一拍嘛，咋就倒地上不起来了呢！俺知道闯祸啦，三十六计走为上，俺跑啦。

雪下得正急，像是在跟俺比速度。

俺气喘吁吁地跑着，后来真的跑不动啦。前面是一处漂漂亮亮的房子，噢，俺想起来啦，那是拍电视剧的剧组搭建的，具体那个剧组叫什么、拍什么电视剧，俺想不起来啦。俺还是几个月前和哥们溜达时来过的。就俺这记性，能知道这些，已经很不错啦。夜幕已经拉开了，房子笼罩在暮色里。俺清楚，演员们都回宾馆了，剩下这处房子，孤孤单单的。俺决定做回好事，进去陪伴它们。房子有很多间，都上了锁。借着雪光，俺在寻找没有上锁的房间。嘿，还真是找到啦，这一间还真是没有上锁，不过，里面好像是闩上啦，透过门缝，还能看见里面微弱的灯光。俺觉得奇怪。

正犹豫着，门开啦，一男人抱着女的，女的还在娇滴滴地说着，要你抱着嘛，就要你抱着。见俺站在门前，两人懵啦，愣怔片刻，男人说，兄弟，只要不报道出去，你要多少？这下，该俺懵啦，俺不知道男人说的不报道出去是什么意思，但俺知道你要多少的意思。俺口袋里真是分文没有啦，俺眼珠一转，说道，俺要一千，一分不能少。没想到，那两人听啦，哈哈笑起来，说，给你两千。俺接过钱，向那两人深深鞠上一躬，怕他们反悔，俺慌慌张张地跑啦。

花五百元，俺开了房，决定潇洒一回。俺拨了美容美发厅的号，谈价时，傻眼啦，竟要六百块。俺要不是快一年没沾腥啦，倒找俺六百，俺也不干的。这些人，也学会落井下石啦，俺还就不入你那套呢。俺啪地摔了话筒。躺在床上，脑里很乱，干脆，俺什么也不想啦。俺打开电影频道，里面正在重播什么颁奖仪式，妈呀，刚才那两人也在呢，男的是导演女的是演员……俺突然明白啦，俺也不知哪来的勇气，疯狂跑出宾馆。俺跑到那剧组搭建的房子里，一间挨一间找，不知不觉两小时过去啦，还是不见那两人的影子。看俺多傻呀，返回宾馆的路上，俺才觉得自己好蠢好蠢啊。

其实，后来发生的事，证明俺真的好蠢好蠢。

俺不是回宾馆了吗，可俺偏偏记错了楼层，偏偏那个楼层的门锁用俺的牌牌也打得开，偏偏俺又懒得开灯，撩开被子，就钻里睡了。俺好像才睡着，炫目的亮光把俺刺醒啦，接着就是"妈呀"一声惊叫。怎么啦，俺不高兴啦，这半夜三更的，你一个女人家，跑俺房里叫什么。俺循着声音望过去，这一望，俺三魂七魄都没啦。

那女的是俺老板的秘书，前挺后翘的，贼贼漂亮。那男的，是这个市的市长。工棚里有台电视，俺在那上面经常看到他。俺抓起衣服，弹下床，连声说着对不起，跑走啦。

宾馆俺是不敢待啦，市长肯定会派人来抓俺。果然不出俺所料，有几辆警车哇哇地叫着从俺躲身的地方跑过去。俺觉得末日来临啦。俺不是怕死，俺是觉得挺对不起老婆。俺要打电话告诉老婆，说俺初二那天说的话不能算数啦，要她保重，等俺出息啦，就把她接过来，让她享清福。当然，这些话，俺只是在心里想。

当俺真的寻到一个电话亭时，却发现，不远处有一个警察也向这边走过来。俺知道是让警察盯上啦，还是主动投案吧，俺奔那警察跑过去。没想到，那警察见俺奔过去，两腿筛糠般地抖，不光主动交出武器，还一个劲地向俺求饶。俺憋住笑，一本正经地训斥道：滚——

夜还深着，俺想回工棚拿几件衣服，顺便探探工友们的口风。可俺才到工棚门口，双手就被蹿上来的警察铐上啦。俺清楚拍死老板的案子犯啦，俺对涌过来的工友们说，老板让俺拍死啦，你们的工钱也没处要啦，兄弟们天亮后都回家吧。

说后俺呜呜哭起来，俺是觉得对不起兄弟们呀，老板要不是让俺拍啦，兄弟们还有希望要钱的，可现在，唉……

没想到工友们交头接耳会，后来齐声大笑起来，还问：是老板让你来演戏的吧？

老板让俺拍死啦，俺理直气壮，怕兄弟们不信，俺还说了细节。

这时候老板的声音远远地传过来，老板说，天亮还早着呢，起哄什么啦？

听是老板的声音，俺知道老板没死。老板没死，俺就没犯事。俺对铐俺的警察说，松了俺，俺没把老板拍死。那警察听了，伸手从俺衣兜里摸出枪，耸耸肩头，对另一个警察说：带走！

● 有病

阳光不错。

银莲的心情也不错。

银莲穿身蓝色运动装，一蹦一跳地走着。

身后，有声音追过来。

一个说，你看前面那女的，怎么走路呀？

另一个说，怕是有病吧！

"你才有病呢！"银莲心里这样想着时，便来到一堆人前，这些人围在一起，让银莲觉得奇怪。银莲挤进去，见被围的人是一个相面的，转身便往外走。银莲不相信相面。那个饰演毛泽东的人，不是与毛泽东很像吗，怎么毛泽东是伟人，他却只是一个小小的演员？

"那个女的怎么走了？"有人问相面人。

"她有病。"相面人回答。

"你才有病呢！"银莲想返回去狠狠扇相面人一巴掌，可银莲没有。

阳光不错。

只是银莲这心情，突然阴湿起来。

银莲低着头，急急走。

银莲是想赶快离开这儿。

"有病呀，"中年妇女从地上爬起来，点着银莲的鼻子，"怎么走路的，你？"银莲想回骂，但没有。

银莲清楚，是自己撞了人家，理亏。只是那中年妇女，得理不饶人，银莲走开好远了，还站在那儿骂："有病呀……"

"你才有病呢！"银莲觉得这种人，泼妇，不值得理论。

银莲脚步快起来。

路上的人看着银莲。

有人说，这女的，被骂也不还嘴？

接着就有人说，怕是有病吧！

银莲装作没听见，继续往前走。

一个少妇，牵着一个小女孩，向银莲走过来。快走到银莲跟前时，小女孩突然挣脱少妇的手，冲着银莲跑过来，还喊："阿姨——"

小女孩显然认错人了。

但见小女孩可爱的样子，银莲还是把小女孩抱起来。

少妇走过来，夺过小女孩，黑着脸，临离开时，狠狠撂下一句话："你有病呀？"

银莲本来想还句"你才有病呢"，可银莲没有。

阳光不错。

只是银莲这心情，越来越阴湿了。尤其致命的是，银莲觉得自己的身体，真真有些不舒服。

银莲没心思往前走了。

银莲抄小路，赶回家里。仰躺沙发上，银莲觉得，浑身不舒服。难道……银莲躺会儿，爬起来，摁开电视。

电视里是一档健康访谈节目，那个尖下巴的医生，正在讲授癌症的一些表现。银莲越听越觉得自己正是如此。银莲明白那些人为什么都说她有病了。

银莲好痛苦。

银莲去医院，X光、CT，该做的都做了，该查的都查了，结果没有病。银莲不相信。银莲清楚，这种病，医生是不会讲真话的。要是没有病，那些人怎么都会那样讲呢。银莲认定，医生没有说真话。

银莲辞去工作，宅在家里，等待那个时间的到来。

有时，银莲站在窗前，看窗外明媚的阳光，听小鸟婉转的啼鸣，嗅飘浮过来的阵阵花香，真希望，医生没有骗她。但很快地，银莲又否认了这种想法。

银莲脑海里再现着那些人的话：

有病呀，有病呀，有病呀……

后来，银莲明显感觉到身体的不适了。

银莲又去了医院。

检查的结果，还是正常。

只是那医生，看着银莲消瘦的样子，脸上写满困惑。医生说，回去后，好好补补。接着开了些营养药，让银莲拿回去吃。

银莲没拿那些药。

银莲还是宅在家里，等待那个时间的到来。

不久，银莲走了。

检查没有病呀，怎么说走就走了呢？

● 桃子

张八挎筐李子走进小区。

张八喊："李子，买李子噢——"

一个时髦的女郎走过来。

张八放下筐，对着女郎说："买李子？"

女郎目光在李子身上滚过后，脸色便夸张起来。女郎说："你这是李子？"

张八说："这还有假？"

女郎说："你这不是李子！"

张八说："不是李子，能是什么？"

女郎说："是桃子。"

张八说："桃子比这大，不是桃子。"

女郎说："我说桃子，就是桃子。"

张八明白了，女郎这明显是压价，桃子比李子便宜多了。这城里人，压价也不直说，还拐恁大的弯儿，有意思。

张八说："是，是桃子。"

女郎说："来二斤桃子。"

张八应声"好嘞"，给女郎称了二斤"桃子"。

女郎拎起"桃子"，离开。

张八继续喊："李子，买李子噢——"

一位老大爷走过来，对着李子瞅了半天后，突然问："你这是李子？"

张八说："李子。"

老大爷说："不是李子。"

张八说："不是李子，能是什么？"

老大爷说："桃子。"

这一次，张八不跟老大爷争了，张八明白，老大爷知道桃子便宜，故意这么说的。

张八说："是，是桃子。"

老大爷弯下身，边捡着"桃子"，边叨唠："你们这些年轻人呐，桃李都不分了，明明是桃，偏要说是李，其实呀，李子也没比桃子贵多少，何苦呢！"

老大爷走后，张八又开始喊了，只是这喊出的话，变了。

张八喊："桃子，买桃子噢——"

没有人来。

张八再喊："桃子，买桃子噢——"

还是没有人来。

张八不耐烦了，拎起筐就往外走，出小区大门时，保安走过来，保安捏起一个李子，后又扔下了。

保安说："这是桃子？"

张八说："桃子。"

保安笑笑，转身打手机去了。

张八见保安不像买东西的样子，就挎起筐，向小区外走去。只是，张八没有走出多远，就有一辆工商管理的车在他身边停下来。车里跳出几人，堵到张八面前。

头头模样的人说："有人举报，说你用李充桃？"

张八想笑，但没有笑出来。想解释，又觉得没什么好解释的。谁都知道，市场上李子比桃子要贵得多，就是用李充桃，又有什么呢？

见张八不作声，头头模样的人火了。

头头模样的人说："带走！"还说，"回去参照欧洲马肉当牛肉卖事件处理。"

• 亲爱的，好想你

男人抖去身上的夜色，走进屋子里。屋子里亮着灯，可并没有女人的影子。男人推开卧室的门看了看，还是没有女人的身影。男人踱出来。男人想拨女人的手机，想了想，没拨。男人想给女人个惊喜。

男人打开电视，看央视《面对面》，哈文正在接受采访。看到哈文，男人就有点想不通，那么优秀的人，怎么就嫁李咏了呢！这样想着时，男人心里就添些忿忿然。这时候，突然停电了。夜色铺天盖地卷过来。男人裹在夜色里，还在想着哈文，哈文那么优秀……

男人这样想想着，忽有开门声响起来。男人像是给什么弹了下，一下子落到沙发的后背下。男人躲那儿，想逗逗女人。

女人反手关了门，借着手机的光亮，向卧室走去。

男人的头从沙发后面顶出来。

男人的脸变形了。男人看见，女人身边还走着一个男人，那男人左臂揽着女人的腰,嘴巴不停地拱着女人。男人想跳出来,大喝一声,再抡起木棒,重重地劈下去。男人没有。

男人想起情人心心。

男人不愿因为一个背叛自己的人去坐牢或者偿命。男人这样想着,心就宽了些。男人轻轻离开了。

男人跑到心心那里,按了很久的门铃,也不见心心开门。真是活见鬼。男人拨了心心的手机,一遍,又一遍,总是没人接听。男人没辙了。

男人裹在夜色里,虽然初夏的气温已有些热了,可男人还是觉得冷冷的。男人站了会,还想继续站下去,不远处的黑影移过来了。男人只好躲到身后的榕树下。

黑影越来越近,后来就打开房门,走进屋里去。灯亮时,男人看见心心被另一个男人抱进卧室里。再后来,那灯就灭了。

男人的心像是让冰水浇过了,嘎嘎地凉。

男人漫无目的地晃在夜色里。内心里,男人非常矛盾。男人是下午5点的飞机,4点多赶到机场时,见一帮人嚷嚷着要退票,男人问后才知道,通知说飞机要晚点2小时起飞。男人想也没想,也跟着退了票。男人退票后,犯了个天大的错误。

男人不该不回家。男人耍了个小聪明,想在夜深人静时再回去,给女人来个大惊喜。

男人走入一家小酒店。

酒店不大,但收拾得很整洁,老板娘30来岁的样子,蝴蝶般在他面前飘来荡去,闲些时,还坐到男人对面,白嫩的小手托着红扑扑的脸蛋,扑闪着大眼睛挖着男人。那时候,男人就有些神魂颠倒。这样想着时,男人就觉得有一盏灯亮在夜色里。

男人向着那盏灯走去。

正走着，心心的电话回过来，心心说："亲爱的，什么时候到呀？好想你！"

男人笑笑，什么也没说，就挂了电话。

男人继续往前走，没走出几步，男人的手机又响了，是女人打过来的，女人说："亲爱的，什么时候到呀？好想你！"男人本来要痛痛快快地骂骂女人，可话到嘴边，不知怎么就变成了"亲爱的，我也好想你呀！"

● 相信

月是下弦。月色暗暗。

五姨太坐在池边，莲花正放，莲香扑鼻。

五姨太望着老爷的房间，那窗口，映着烛光。老爷还在书房。老爷嗜书，可五姨太正当青春年华，夜夜需要老爷滋润。老爷做不到。

五姨太移目池水，荷叶轻晃。五姨太的心，也晃。那泪，就洇了双睫。五姨太真想放声大哭，但没哭。

老爷不知何时，走了过来，坐在身边，拦住五姨太纤细的柳腰。老爷说，怎么没睡？

五姨太说，等着你呢！

老爷感动，说，我喜读书，以后，就不要等了。还说，困了，我憩书房，你尽管入睡。

五姨太虽不情愿，但也没说什么。

翌日，二姨太三姨太四姨太聚在一起。

四姨太说，都怪你俩，当时要是过去拿奸拿双，看老爷还有什么话说？

三姨太说，不可。

二姨太也说，不可。

四姨太火了，口气也冲，嚷道，怎么就不可了？

三姨太不语。

二姨太说，不可就是不可。

其实，二姨太是念着五姨太年轻，把路断了，心里不忍。二姨太是想劝劝五姨太，让她悬崖勒马，这事，也就算了。可三姨太四姨太不依。商量的结果是告知老爷。老爷听后，捋髯大笑。但老爷终是有城府之人，便没将事情说破，只是在三房太太临离开时，才补了一句。老爷说，我相信五姨太。

月仍是下弦。月色暗暗。

五姨太坐在池边，莲花正放，莲香扑鼻。夜风拂来，摇响一池莲叶。五姨太目移莲叶，心却飞去了很远。

老爷停书欲寐，忽想起几房太太所言，便也狡狯起来，随熄了烛火，轻步来到池边。见五姨太独坐，心生内疚。老爷说，怎么没睡？

五姨太听了此话，未语先泪。

五姨太说，等着你呢！

老爷感动，拥了五姨太，柔情起来。后，老爷正告五姨太，再不许等他。还说，来这池边，要是着了凉，怎么办？

五姨太娇嗔，你总不在身边……

老爷自觉亏欠，说，坐坐倒也可以，只是时间不要太长。

五姨太点头称是。

是夜，老爷睡在五姨太房里。

天放亮后，老爷回了书房。老爷刚展开书页，二姨太三姨太四姨太走了过来。三位太太关上书房的门，便在老爷面前，哭诉起夜间的见闻。添油加醋，把老爷都说得面红耳赤。

二姨太说，真是太不像话。

三姨太说，伤风败俗，干脆休了。

四姨太说，这种女人，打死算了。

老爷听后，木了脸色。老爷说，我相信五姨太。还说，你们几个，以后晚上就给我待在房里，不准乱走。

二姨太三姨太四姨太碰了壁，出了书房，嘀咕起来，都觉得老爷不可理喻，连这样的事也能容忍，真是老了。

月还是下弦。月色暗暗。

五姨太刚到池边，后生便扑了过来。后生抱住五姨太，猴急猴急的样子。五姨太推开后生，五姨太说，急什么？

后生说，怕有人过来。

五姨太玉臂环住后生的脖子，娇滴滴说道，放心，没有人打搅。

此时，老爷就躲在不远处，泪流满面。

● 反应

"局长得了癌症，听说了吗？"赵三问孙四。

"局长得了癌症？"孙四一脸诧异，"那他天天还来上班，局长这人，是工作重要还是生命重要？"孙四面露敬慕之情。"我得去劝劝局长。"孙四往局长室走去。

"局长得了癌症，听说了吧？"赵三问李五。

"局长得了癌症？"李五一脸诧异，"那他天天还来上班，局长这人，是工作重要还是生命重要？"李五面露敬慕之情。"我得去劝劝局长。"李五往局长室走去。

"局长——"孙四欲言又止。

"小孙，有什么话，尽管说。"局长和蔼可亲。

"局长，"孙四的眼角滑出泪来，"局长，身体可是工作的本钱啊！"孙四留下这句话，匆匆走开了。

"这个小孙……"局长自言自语。

"局长——"李五欲言又止。

"老李,有什么话,尽管说。"局长和蔼可亲。

"局长,"李五的眼角滑出泪来,"局长,身体可是工作的本钱啊!"李五留下这句话,匆匆走开了。

"这个老李……"局长自言自语。

局长批阅了几份文件后,走到窗前。局长看见,好多处室的人都聚在院子里,指点着他的办公室,说着什么。有几个女的,还泪流满面的。局长觉得奇怪。

局长喊来了赵三。

局长说:"出什么事了吗?"

赵三说:"没有,一切正常。"

局长说:"怕不会吧!"又说,"赵三,你是办公室主任,应该知道自己的职责是什么吧?"

赵三挠了挠头皮,眼角突然滑出泪水来。赵三说:"局长,你就不要再瞒了。"又说,"局长,你越是这样拼命工作,大家心里越是痛。"

局长是明白人,当然听出了赵三的弦外之音。

局长去了医院。

检查结果,让局长放了心。

局长回到局里,叫来了赵三,把检查结果摆到赵三面前。

赵三从局长室出来,碰到孙四。

"局长没得癌症,检查结果我都看了。"赵三告诉孙四。

"没得癌症?"孙四一脸失落,"那他这样拼命工作,怕不是有什么野心吧?"孙四面挂鄙视。"官痞!"孙四往局长室走去。

赵三又碰到李五。

"局长没得癌症，检查结果我都看了。"赵三告诉李五。

"没得癌症？"李五一脸失落，"那他这样拼命工作，怕不是有什么野心吧？"李五面挂鄙视。"官痞！"李五往局长室走去。

"局长，送你一句话！"孙四说。

"小孙，什么话？"局长和蔼可亲。

"万恶'欲'为先，"孙四的眼睛里闪着不屑，"你才大我多少哇，知足吧你！"孙四留下这句话，匆匆走开了。

"这个小孙……"局长自言自语。

"局长，送你一句话！"李五说。

"老李，什么话？"局长和蔼可亲。

"万恶'欲'为先，"李五的眼睛里闪着不屑，"还没我大呢，知足吧你！"李五留下这句话，匆匆走开了。

"这个老李……"局长自言自语。

局长批阅了几份文件后，走到窗前。局长看见，好多处室的人都聚在院子里，指点着他的办公室，说着什么。有几个女的，还义愤填膺的。局长觉得奇怪。

这一次，局长没有喊赵三。

局长把窗子悄悄拉开一道缝，接着就有声音飘过来。

"这个人，利欲熏心。"一个说。

"这个人，咋不得癌症呢！"另一个说。

● 金莲

金莲醒来时，还觉得口渴。金莲喊："死鬼，给俺倒杯水来。"见没有动静，金莲这才知道男人不在床上了。金莲慢慢爬起来，倒了杯水，咕嘟灌下去，感觉好受些。

昨晚，山那边过来几个亲戚，都知根知底，金莲不得不喝。

金莲喝多了。

金莲喝过水后，肚子里咕咚响。金莲开门走出去。阳光晃眼。金莲披散着头发，手捂着肚子，向菜园里的茅厕跑去。

金莲从茅厕里出来，觉得轻松多了。

金莲想回到屋里，梳发，洗脸，然后去县城看望母亲。母亲今天生日，昨晚与几个亲戚约好去的。

母亲有退休工资，鸡鸭鱼肉不缺。母亲缺的，是乡野里的绿色蔬菜。想到这，金莲想到菜地里的大青萝卜。

金莲向萝卜地走去。

"妈呀，"金莲身子刚转过去，就叫了起来，"这萝卜，怎么少了恁多，哪个天打五雷轰的……"

金莲骂起来。

山窝窝，住户少。金莲骂会儿，见没人理会，便拔了些萝卜，回到屋里，梳洗后，将萝卜放到竹篮里，挎着，出了门。

阳光晃眼。

金莲正走着，迎面碰见银莲。

金莲说："银莲你这慌慌张张的，干吗呢？"

银莲说："赶早集回来呢。"

金莲说："赶早集干吗呢？"

银莲说："卖萝卜呢！这萝卜好卖着呢！"

金莲哦了一声，心里泛开了嘀咕：银莲家那点萝卜，还有得卖……

金莲说："俺萝卜昨夜被人偷了呢。"

银莲说："是吗？"

说过后，觉得金莲话里还有话，脸色即刻阴起来。

银莲说："啥子意思呢，你？"

金莲说："没啥子意思。"

银莲说："你怀疑俺？"

金莲说："俺没呢，是你心虚。"

银莲不依了，拽住金莲的衣领。金莲更不是好惹的，将竹篮往地上一扔，反手抓住银莲的头发。两个女人，在阳光下打起来。金莲消瘦，银莲胖大。金莲吃亏了。银莲得了便宜，趾高气扬地走了。金莲坐在地上，骂。

银莲都不见身影了，金莲还在指桑骂槐：

"哪个天打五雷轰的，偷俺萝卜——"

"……"

金莲嘴冒白沫，嗓子也哑了。

金莲爬起来，挎起竹篮，向村南的土地庙走去。

请了两炷香后，跪下，虔诚地磕了三个响头后，金莲恶毒地说：

"土地神啊，你大智大慧，谁偷俺那萝卜，求你为俺出气，让那个人，吃饭噎死，喝水烫死，头长疮烂死，脚生脓坏死，出门给车轧死……"

离开土地庙，金莲的心情好多了。

太阳直射头顶的时候，金莲赶到了母亲家。

母亲都坐在饭桌上了，见金莲回来了，褶皱的脸上盛开了菊花。母亲说："金莲，快坐上桌吃饭。"

金莲将竹篮往地上一放，随手拎出个大青萝卜，"娘，刚从菜园里拔的呢，鲜，来一个？"

母亲笑笑，指指金莲男人，"谷子也带了呢，松脆，好吃好吃！"

"什么？"金莲目聚着男人，"你早晨拔萝卜了？"

"嗯，"谷子说，"俺知道娘喜欢……"

"死鬼，"金莲蹦到男人面前，啪啪两巴掌，"死鬼，拔萝卜，咋不跟俺说呢？"

金莲扔下这句话，转身跑出去了。

饭桌上的人，看着金莲跑开的背影，懵了。

金莲是去土地庙了。

● 谢谢你

我攥着信，一封大洋彼岸邮过来的信，来到淮河岸边。我站在河堤上，注视着静静的河面，牙齿咬得咔嚓响。我真不愿意相信，我苦苦等了一年多的来信，居然是一封离婚协议书。我不相信这是真的，但妻子娟秀的签名是真的；我不相信妻子娟秀会背叛我，但事实上……

我蹲下来，目光撂在河面上，随着静静的淮河水，淌向远方。

一个小男孩，轻轻地走过来，走到我身边，蹲下来，目光也撂在河面上。

我碰碰小男孩，小男孩也碰碰我。我笑笑，很勉强的那种；小男孩也笑笑，也很勉强的那种。

一个少妇，走过来，挨着小男孩，也蹲下了。

小男孩看看我，又看看少妇，突然哈哈大笑起来，笑声响在静静的水面上。

一位老大爷，头上罩着麦秆编的草帽，划着小木船，向这边过来了。

远远地，老大爷就喊，看你们一家人幸福的样子，分享一点给我好吗？

我偷眼少妇，少妇脸上漫过一抹红晕。我想更正老大爷的说法，见少妇并没有生气的迹象，便默认了。但我没有回答老大爷的话。

小男孩嘴快，说，老爷爷，怎么分享给你呢？

听了小男孩的话，老大爷像是已经分享到了，满面春风的样子。老大爷说，过来，你们一家三口都过来。说着，老大爷的船靠过来了。

我们上船。

老大爷划船，还哼起了《淮河牧童谣》：

推个光溜溜哟

雨水不上头哟

脑后留撮奶奶拽呀

随风飘悠悠啰

牛儿你跟我走哟

河畔草壮绿油油哟

撑得你呀——

肚子像个大气球啰

……

老大爷的歌声，感染了我们，彼此的情绪高涨起来，说笑起来。少妇还把手弯进河水里，舀水往我们身上泼。小男孩更像是躺进了蜜罐里，幸福无比的样子。

老大爷突然停止哼唱，脸色阴郁起来。老大爷说，看到你们一家人其乐融融的样子，就想起我儿子一家，两人要是不离婚，我那小孙子……

老大爷哭出声来，还说，我那可怜的小孙子啊，离家出走几个月了，乖孙子，你在哪儿呀，爷爷想你哇——

我说，老大爷，想开点，你家小孙子，会回到你身边的。

少妇说，是啊，老大爷，想开点，多往好处想想，往好处想多了，结就解了，气就没了，人就快乐了。

小男孩搂着老大爷的腿，冲老大爷傻傻地笑着，还唱：

看见小牧友哟

歌谜喊出口哟

牛儿听到哞哞叫呀

和我比歌喉啰

牛儿你快罢休哟

我俩对歌你莫凑哟

惹着我呀——

明天放学不伺候啰

……

老大爷也唱起来。

少妇也在唱。

我呢，没有理由不唱啊。

欢快的歌声，从小木船上响起，往四周飘去。河水陶醉了，轻轻地漾开涟漪，那涟漪荡着船儿，船儿像一个乐感极强的舞者，和着节拍，轻轻地动起来。西天的太阳，仿佛被感染了，推下一片火红，盖在河面上……

分手的时候，小男孩哭了。少妇紧紧攥着我的手，眼里也噙着泪花。

少妇说，谢谢你哇……

　　我站在那儿，直到他们都走开了，这才掏出那封离婚协议书，拔出笔，果断地签上自己的名字。

• 最后的晚餐

茅草屋。东面的山墙，支着木杠。西面的山墙，裂开一条缝隙。凛冽的冷风挤进来，吹着木桌上的油灯。

油灯一闪一闪地亮着。

油黑的木桌两边，坐着两位发白如雪的老人。

她夹了一块鸡肉，放到他碗里。

他也夹了一块鸡肉，放到她碗里。

她说，吃吧！

他说，你也吃。

他们都将鸡肉放进嘴里。

她说，我肚子开始疼了！

他说，我也是。

她说，后悔吗？后悔还可以喊人。

他说，不后悔。还说，这病，受罪。

她说，你病没有我重，兴许，还有救。

他把鸡肉吞进肚里，脸上挂着笑。他说，就这一只鸡，怎么舍得杀了？

她也把鸡肉吞进肚里，脸上也挂着笑。她说，本来是想给娃们留着，只是想起你高烧那会，喊着要吃鸡肉，就狠了心。

她舀了勺鸡汤放到他碗里。

他也舀了勺鸡汤放到她碗里。

都捧起碗，伸长着脖颈，喝汤。

他放下碗，看着她笑。他说，还记得见面那天吗？

她脸上闪过一抹红晕。她说，怎么会不记得？

他说，你是妖怪？

她说，你也是。

他说，见了你，我魂儿都没了。

她说，我也是。

这样说着，两人眼里便放出光来。泪水，由眼角滑出。她抹去泪，说，不哭。他也抹去泪，说，不哭。

她手捂着肚子，说，好像厉害点。

他手也放肚子上，说，是厉害点。

她看着他，不语。

他也看着她，他说，还记得村口那座水库吗？

她说，怎么会不记得。还说，那水库旁边，坟头叠着坟头，你说我俩，胆子咋恁大呢？

他嘿嘿笑笑，你说呢？

她说，现在想起来，还真是有点后怕。

他仍嘿嘿笑笑，说，一夜，我们在那里，坐了一夜啊！还说，知道为什么吗？

她抬手挠挠头发，说，还真不知道呢！

他狡猾了，说，恋爱的人都是疯子嘛。

她想了想，说，是这个理。说后，又夹了一块鸡肉，放到他碗里。看着他，她说，吃！

他真的把鸡肉放到嘴里，咕噜一声，吞了下去。

她脸上重新挂出笑来，只是那笑，硬生生地。她知道，他们得的都是那种最后不能吃东西，要活活被饿死的病。她更知道，他们现在吃东西，嚼，嗓子就疼，只好硬吞了。

他也夹了一块鸡肉，放到她碗里。看着她，他说，吃！

她没有犹豫。

她吞掉那块鸡肉后，觉得肚子越发地疼了。她说，你过来。他想站起来，向她走过去，可他，已站不起来了。其实，他肚子也疼得厉害。他倒在地上。但他还是向她爬过去。

她想过来扶起他，屁股刚离开木凳，也跌倒了。他终于爬到她身边，抱着她，两人就那么在地上躺着。

她说，这鼠药，要是假的，就好了。

他说，后悔了。

她说，没有。还说，我是想起三个娃了。

他说，他们当官的当官，当老板的当老板，有啥想的。

她说，我知道你生娃们的气，气他们不回来看我们，不给我们治病，可你想过没有，我们这样走了，娃们还怎么做人？

他说，倒也是啊！

……

这天后半夜，下起了鹅毛大雪。雪压倒了茅草屋。

翌日，村民发现两位老人死了，打电话告诉了老人的儿子们。三个儿子接了电话，都急急忙忙地赶了回来。

丧事那种风光，村子里史无前例。

• 走在路上

　　我与柚子走在路上，一年轻男子从我们身边跑过去。

　　柚子说，投胎啊！我说，柚子，怎么骂人呢？柚子抬起左手，说，桃子，看我这手，碰破了呢！我捉过那手，还真有血呢！柚子要追赶。我劝，算了，小伤，过几天就好了。柚子就又冲着年轻男子的背影骂，投胎啊！柚子正骂着，发现年轻男子的钱包掉到路中间，柚子说，桃子，报应啊。

　　其时，我也看见了那钱包，便冲着那男子的背影喊：钱包，钱包——

　　年轻男子没有回头，继续跑。

　　我与柚子来到钱包边，我弯下身，欲捡起钱包。柚子拽住我，还把我往路边拉。柚子说，不能捡。还说，我爸有次出差，早起赶路，正走着，发现地上躺着一个钱包，弯腰捡起来，正准备打开看，一男子跑过来。男子说，钱包是他刚掉的，里面有多少多少钱。打开一看，少了两千。男子不依了，拽着我爸说找警察去。我爸没做亏心事，不怕，就随男子走。没走多远，碰到一个警察。警察说，捡东西不上交，还私自拿里面的钱，这问题就严重了。那男子听了，洋洋得意起来，说，走，去派出所。听说要去派出所，我爸怕误了车程，狠狠心，给了钱。可谁知，那个警察，竟然是个假的。

柚子讲的，我听过很多，大体类似。但我不相信那个年轻男子会是那样的人。我还想捡那钱包，捡起来去追那个年轻男子。

柚子不让。

我与柚子，就站在路边的一棵大树后。

一位老大爷，歪歪地摇过来，摇到钱包边，目光四处晃了晃，突然像是发现了什么异常，歪歪地摇走了。

一位老大娘，颠着小步，颠到钱包边，啐口吐沫，咕噜句什么，走了。

一个中年男子，骑着自行车，车后座上，坐着中年妇女。中年男子显然是骑到钱包跟前时，才发现钱包的。刹车猛，中年妇女直接从车座上掉下来，屁股坐在地上，骂男人。那男子也不气，指指地上的钱包。中年妇女见了，像见鬼了般，从地上弹起来，催男人，快走！中年男子好像也被女人的紧张传染了，飞快地蹬着车，走了。

一辆红色桑塔纳开过来，车到钱包边，突然停下，车门开时，下来一个红头发的男青年，随后一个红头发的女孩伸出嫩如葱根般的小手，把那男青年拽上车去。车，飞一般，跑了。

一对小女孩，脖子上围着红领巾，蹦蹦跳跳着过来了。发现了那钱包，一个说，谁丢的啊？另一个说，看着它，看看有没有人来找。两个小女孩，在钱包边坐下来，等失主。很长时间了，还是没有人来。两个小女孩急了。其中的一个，拾起钱包，打开，里面有钱，有银行卡，有身份证，还有一张名片。见到名片，两个女孩高兴起来，她们掏出手机，拨了号。

大约一个小时后，丢钱包的那个年轻男子从出租车里走出来，抱起两个小女孩，在路中间，旋转起来……

我碰碰柚子。柚子没作声。我本来想说点什么，嘴巴张了张，终是没有说出什么来。

还有什么可说呢？

● 你就说吧

月色堆在地上。

马嫂骡嫂驴嫂，静静坐在月色里，谈着刚刚吃过的晚饭。晚饭没什么新花样，三个女人谈了会儿，便不作声了。

有风，在月光下，轻拂。不远处，清晰的蛙鸣声，贼响。

马嫂打破沉默，马嫂说，这几天，怎么没见猪寡妇？

就是嘛，骡嫂说，是好几天没见了嘛。

下午我见了，驴嫂说，头发染红了，身上，扑鼻的香哩！

我说呢，马嫂声音小了些，这女人要是没了男人，心里就空落了，就骚。

谁说不是嘛，驴嫂说，你们没见她那裙子，屁股都露半截儿。

有人影往这边移。

骡嫂说，说曹操，曹操到。

猪寡妇走过来。

都好啊，猪寡妇跟大家打招呼。

好啊，驴嫂说，猪妹子，这是要去钻谁的被窝呢？

马嫂骡嫂笑。

怎么说话呢？猪寡妇停住脚步。

你说说，马嫂止住笑，这村里，你睡过多少？

就是嘛，骡嫂也不笑了，你就说吧！

猪寡妇没作声。

你就说吧，驴嫂说，猪妹子，你可是替咱们女人争气了。

就是嘛，骡嫂说，过去都是男人睡咱们女人……

你就说吧！马嫂说。

猪寡妇轻咳两声，那我说了？

马嫂骡嫂驴嫂齐声说，你说。

猪寡妇没说。猪寡妇虽然没说，但在离开前，猪寡妇还是跟马嫂骡嫂驴嫂咬过耳根根。

月色仍堆在地上。

马嫂家，马嫂推醒正熟睡的男人，劈脸就打。男人懵了。男人说，你疯了你？男人这样说着时，抓过女人，说，我让你疯！还说，再疯，打死你！马嫂仍旧疯，好像要玩命的样子。男人松了女人。女人操起床头柜上的剪子，对着男人，狠劲地捅去，嘴上还说，我让你睡猪寡妇……

骡嫂家，骡嫂的哭声，也牵出了男人的泪水。男人跪在骡嫂面前，男人说，你要相信我，我真的没睡过猪寡妇。骡嫂哭着说，马嫂说猪寡妇亲口对她说的，人家猪寡妇都承认了，你还给我装……

驴嫂家，男人把门拍得山响，驴嫂后背靠着门，不开。男人吼，再不开，我就撞了。驴嫂仍不开。驴嫂说，你去找猪寡妇啊，她会给你开门。还说，你不是睡猪寡妇嘛，还回来干什么？男人像是听出些眉目。男人说，你胡说些什么呀，我与猪寡妇根本就没那事。还狡辩你？驴嫂说，你真是不见棺材不掉泪，人家猪寡妇都跟骡嫂说了……

猪寡妇走了一会，突然改变了方向。

猪寡妇朝村南的水库走去。

月色堆在茫茫水面，夜，越发神秘空灵起来。

• 一挑青菜

天刚透亮，男人就起来了。

男人来到菜园，开始铲青菜。昨儿晚上，女人就让男人把青菜铲好，说早晨冷。男人没有。男人说，铲早了，青菜就不新鲜了，还是铲了就挑到集上，买菜的，吃着鲜。女人说，不怕冷，你就赶早儿铲吧。夜里下了一阵雨，菜叶里夹着冰碴碴，男人每铲一棵，都要抖了又抖。一双手，搅在冰冷里，彻骨地疼。男人后悔没有听女人的话。

太阳出来的时候，男人挑着青菜，到了菜市场。男人把菜挑放好，双手缩进袖口里，开始喊："买青菜啰，园子里刚铲的，没有施过化肥没有打过农药的纯生态青菜啰——"

没有人来。

男人再喊："买青菜啰，园子里刚铲的，没有施过化肥没有打过农药的纯生态青菜啰——"

一位老太太颤颤地走过来，拧起一棵青菜，抖了抖，问："多少钱一斤？"

男人扫眼临摊，小声说："一元八。比人家便宜两角哩。"

老太太放回那棵青菜，看眼男人，一脸疑云地走了。

男人看见老太太没走出多远，就在一家菜摊前停下了，并买了一篮青菜。男人奇怪，那青菜眼看就知道是过夜的，价格还高两角，老太太这是怎么了？

男人继续喊："买青菜啰，园子里刚铲的，没有施过化肥没有打过农药的纯生态青菜啰——"

一个中年男子走过来，拧起一棵青菜，抖了抖，问："多少钱一斤？"

男人堆上笑脸，小声说："一元八。比人家便宜两角哩。"

中年男子放回那棵青菜，看眼男人，一脸疑云地走了。

男人看见中年男子没走出多远，就在一家菜摊前停下了，并买了一篮青菜。男人奇怪，按理说，人家老太太，老眼昏花，不识货，情有可原，这中年男子……

男人仍喊："买青菜啰，园子里刚铲的，没有施过化肥没有打过农药的纯生态青菜啰——"

一个少妇走过来，拧起一棵青菜，抖了抖，问："多少钱一斤？"

男人看眼少妇，知道又是不会买的主儿，心里便有点赌，随便说："四元。比人家贵两元哩。"男人这样说过后，想象着少妇离开时的怪怪样子，觉得好笑。但，奇怪的是，少妇并没有像男人想象的那样。

少妇听了男人的报价，蹲下来，拧了几棵，让男人称了。少妇付过钱后，正要离开时，男人喊住少妇。男人挠着头，吞吐了半天，才说："你，不嫌贵？"

少妇说："你这是纯生态青菜嘛，应该贵。"

少妇说过后，转身离开了。

男人愣会儿，突然像明白了什么，扯起嗓子，大喊："买青菜啰，园子里刚铲的，没有施过化肥没有打过农药的纯生态青菜，才四元钱一斤啰——"男人刚喊过，就有几个人跑过来，像抢似的，买空了挑子里的青菜。

男人挑起空挑，哼着小曲，在周围卖菜人的愕然目光里，走了。

男人回家，把事情跟女人说了。女人听后，哧哧地笑，还说："你就编吧！"但当男人把卖菜的钱掏给女人时，女人傻眼了。

• 英雄是这样诞生的

起火了。

火开始亲吻被单，亲吻窗帘，亲吻房子。

他惊醒，浑身湿透，心猛跳。是梦，他在心里安慰自己。

窗外，月色如乳。他目视那似要溢进窗来的月色，思绪翻飞。

火再起。

火开始亲吻被单，亲吻窗帘，亲吻房子。

这是梦，他想，就没睬。只是那火，越烧越旺。

是梦，他还是没睬。火越发猖狂了，嚎着咔嚓咔嚓的响声，包裹了他。

是梦，他嘴上这么说，可心里……她出现了，她的头发衣服都被烧着了，像个火人，扑向他，推他离开。

他惊醒，浑身湿透，心猛跳。

窗外，月色如乳。

凝着月色，他脑里贮满她的影子。

雨后虹起，荷池边，她目聚粉红莲花，说道：绝美。他反对。她柳眉轻锁，再道：还有超它之美？他说，有。而后戳她鼻尖，他说，这位，绝美。她脸颊泗出一抹红晕，娇嗔：骗人！

风和日丽，公园草坪，彼此相对而坐，她说，想好了吗？

没有。他脸上写着不解。心里，更想不通，放着好好的城市不待，偏偏要去那么偏远的地方……

什么时候可以想好呢？她柳眉紧锁。

不知道。他脸色也不好看。

她站起，明眸从他身上滚过，裹一阵兰香，飘走。

他坐在那儿，直到夕阳烧红天穹，才想起去找她。可她，却没了踪影。他知道她去了哪里。去找，没有。他傻了。后来，他几乎找遍她可能去的地方，还是没有她的影子。

在一种剜心的思念中，他度日如年。

今夜，忽见她，真不该是场梦。他用心地品嚼，用心地搜索着有关她的一切记忆：那弯弯柳眉，那挺挺鼻梁，那圆巧口唇，那长长脖颈，那凸鼓乳房，那纤细腰肢……

似睡非睡中，他度过一夜。

起床后，翻开《周公解梦》，说是好征兆，心里甜甜的。会不会见到她？这样想时，他脸上就开着花朵。

还真是见到了她。

当时，他哼着小曲，优雅地走在街上。忽闻嘭嘭的爆炸声响，接着浓烟翻滚，身边的行人开始奔跑。他也跟着奔跑。

是一家出售鞭炮的商店失火，鞭炮的爆炸声震耳欲聋。火警划了警戒线，不让靠近。

他只好站在警戒线外。

突然，一个熟悉的身影在他眼前一闪，是她？没有犹豫，像一只饥饿的老虎，他咆哮着，蹿进火帘。那个被大火包裹着的火人，被他扔了出来，可他，再没有出来。

事后，当地政府号召人民向他学习，并授予他"英雄"称号。

忘生励志

第二辑

• 红色诱惑

故事发生在抗日战争爆发后。豫南。

当时我在地主家打短工。正是收麦插秧季节，我光着脊背，手攥镰刀，在割麦子。

一个年轻后生走过来，走到我跟前，喊一声"大叔"，我才发现他。

后生穿着天蓝色的褂子和裤子，都褪了色，但很干净。后生长得也干净，皮肤白白的，像是学堂里的学生或先生。见我在喘气，汗水由脸上往下流，在肚皮处形成几条黑沟沟，后生嘴巴张了张，像是还想说什么，没说。

后生接过我手中的镰刀，弯下腰，沙沙割起来。真是大出我意外，我真没有想到，后生竟然干活会这么利索。我喘息会，而后接回后生的镰刀。

后生看着我，同时指指河那边两条泛白的小土路，有些顾虑地问我说："大叔，去西北方向走哪一条啊？"

我说："啥子地方吗？"

后生想了想，还是说："就是去西北方向的那一条啊。"

我知道后生对我不放心，这年月，汉奸特务到处都是，后生的顾虑可以理解。

我手指着河那边的小土路，说："那一条通往延安，那一条通往汉中。"

后生深深鞠了一躬，急步走开。河边，后生和衣扑进水里，像一条撒欢的鱼，很快上了对岸，跳上那条通往延安的小土路，雀跃着跑开去。

我再割麦子时，脑子里就晃着后生的影子。

小河就在麦田边，清清的河水，上面荡漾着阵阵涟漪。

我真想扑进去，赶走肚皮上的黑沟沟，可我不敢，我怕那个脸上搁着刀疤的"狗腿子"。偷眼四望，热浪扑脸，大地像烤熟了一般，"狗腿子"的影儿也没有。

我丢下镰刀，向河边走去。

这会儿，我看见一个姑娘喊着"大叔"，向我跑过来。我心里乐颠颠的，钉住了。

姑娘上穿红色短褂，下着荷花裙，发黑如墨，肤嫩似脂，齿白唇红，脸绽桃花，分明大户人家"千金"。

姑娘站到我面前，口吐兰香，玉手指指河那边两条泛白的小土路，说："大叔，去西北方向走哪一条啊？"

我说："啥子地方吗？"

姑娘想了想，还是说："就是去西北方向的那一条啊。"

我乐了，心想今天这是怎么了，刚刚过去的那个后生也是这么问的呀，我笑而不答。

姑娘倒好，头一扭，转身奔河边就走。这下，我急眼了，猛跑几步，拦住姑娘，手指着河那边的小土路，说："那一条通往延安，那一条通往汉中。"

姑娘冲我吐吐舌头，跑开了。在河水里，姑娘宛然一条美人鱼。我看得目瞪口呆。更让我目瞪口呆的，是我看见，姑娘上岸后，竟然也跳上了那条通往延安的小土路。

姑娘的倩影牵着我的目光，直到望断，才发现自己其实在河水里泡得有些时候了，我慌忙上了岸，回到蒸笼般的麦田里。

沙沙沙，看着倒下的麦子，心里很不是滋味。自己帮长工打短工，到头来，还不是没有立锥之地？这样寻思着，忽听有说笑声传过来。我抬起头，见是一群青年男女，像是走了很远的路程，风尘仆仆的，但彼此还在说笑着、谈论着。

他们来到田边，站在那儿，齐声喊："大叔，去西北方向走哪一条啊？"他们的手，同时指向河那边两条泛白的小土路。

我说："啥子地方吗？"

他们没有回答，但那一双双明亮的眼睛仿佛鬼子岗哨上的探照灯在黑夜划亮了一般，在我身上晃着，半晌，有人说话了，"大叔，我们是去延安。请问去延安走哪一条呀？"

我有些感激涕零，感谢他们对我的信任。其实，延安我是听说一些的，前不久，国民党特务抓住两个年轻人，说是去延安的。去延安就要抓吗？后来打听才知道，延安是打鬼子的，打国民党反动派的。

我扔下镰刀，跑到他们面前，冲他们抱抱拳，而后手指着河那边的小土路，说："那一条通往延安，那一条通往汉中。"

他们围过来，祝福我，与我握手，那一刻，我被幸福包裹着。

他们像一群小鸭子在河水里扑棱会，后来就跳上了那条泛白的小土路，还唱：

夕阳照耀着山头的塔影

月色映照着河边的流萤

春风吹遍了平坦的原野

群山结成了坚固的围屏

啊，延安

你这庄严雄伟的古城

到处传遍了抗战的歌声

啊，延安

你这庄严雄伟的古城

热血在你胸中奔腾

……

这年秋末，我得了重病，卧床不起，儿子要去抓药，我清楚自己没救了，阻止儿子。儿子跪在我床边，哭说："爹，那儿子一定给你买一副好棺木。"

我说："给爹织个草席裹尸就行了，省那钱，去买些木头，在小河上架座桥吧！"

儿子不解，问我："爹，架那桥干吗？"

我说："天冷了，有年轻人还要过河呢！"

• 神奇魔术

　　程咬铁正在玩尖刀刺喉的魔术。

　　程咬铁手提尖刀，在人群里连转三圈后，忽地将那尖刀砰地扔到地上。阳光碰到尖刀上，弹出晃眼的光芒来。

　　围观的人齐喊："真刀——"

　　程咬铁也不作声，左脚一点，那尖刀便被稳稳攥在右手。

　　程咬铁右手攥刀，后退几步，站定，右臂慢慢抬起，刀尖顶着喉结，微微闭上眼睛。

　　围观的人，心都提到嗓子眼。空气，似乎凝结。

　　突然，一声惨叫，那把刀，刀尖从后颈探出，殷红的鲜血，顺刀而流。

　　众人脸色大变，想喊，却喊不出声。

　　程咬铁忽地拔出尖刀，喉结处，丝毫无损。

　　众人如梦初醒，齐呼："神奇！神奇！"

程咬铁面带微笑，不响一声。

这天，程咬铁正在院内练功，院外哭喊声骤起。

程咬铁跑出院子，只见日本兵凶煞煞赶着村民，迎面走来。程咬铁想跑，但没有跑。程咬铁想知道，这些日本兵赶村民做什么。

原来，鬼子的运粮车在村南的戴家湾被八路抄了，鬼子怀疑村子里有八路，才来这阵势。

村口，那片空旷地上。

叫滕狼的少佐，手按军刀，咆哮："八路的，交出来！"

没有人回答。

"不交的，"少佐抽出军刀，"统统的，死啦死啦。"

还是没有人回答。

少佐抬起军靴，咯噔跨前一步，左手拽过刘老爷爷，右手举起军刀……

村民们闭上眼睛。

一声断喝："住手！"

程咬铁跳到少佐面前。

"放了他！"程咬铁手指少佐，"我知道八路在哪里。"

"你的，知道？"少佐放开刘老爷爷，跨到程咬铁面前，"你的，良民大大的。"少佐脸挂狰狞。

村民们睥睨的目光，喷着愤怒。

"你的，快说！"少佐急了，"不说，统统的，死啦死啦。"少佐手握军刀，泛着绿光的眼睛，扫视着村民。突然，少佐抓过王家的小孙子，刀刃划着他的脸。惊惧的惨嚎声，令人心悸。

"住手！"程咬铁手指人群中的一个青年，声若蚊蝇，"就是他——"

那青年被拉了出来。

事后，村民的吐沫淹了程咬铁。程咬铁再玩魔术，也都不去看了。

这天，程咬铁正玩魔术，滕狼少佐走过来。

"你的，魔术大大的好。"滕狼少佐泛着绿光的眼睛，直视着程咬铁，"你的，以后军营的耍。"

之后，村子里就没人见到程咬铁了。村民们见了面，就说，程咬铁这个大汉奸死了，报应。只是那个青年八路，死得太惨了。但也有人说，程咬铁没死。

程咬铁的确没死。

程咬铁在鬼子军营里，玩魔术。玩着玩着，便玩出些名堂来。那些日本兵，没事就绕着程咬铁转。就连滕狼少佐，也喜欢上了。

一天，日军淮河战区机关长来少佐的军营，少佐讨好机关长，让程咬铁耍一出魔术。

程咬铁欣然答应。

程咬铁这次玩的是一种叫"推心置肺"的魔术。魔术开始后，程咬铁叫了两个日本兵过来，让两人分别躺在两只木箱里，罩上红布。程咬铁高挽衣袖，双手合拢，在人前连连走过三遭后，走到左边的木箱前，双手霍的插下去，旋即捧出一颗血淋淋的人心来。

机关长腾地拔出手枪。滕狼少佐也站了起来。

程咬铁捧着血淋淋的人心，小声说道：

"人命关天，千万不可弄出声响。"说后，将人心放进右边的木箱，再抬出手时，手里已提一叶人肺。

唏嘘声一片。

程咬铁将人肺放入左边木箱。

"下面，"程咬铁浅笑，"见证奇迹的时刻到了。"程咬铁揭开红布，两个日本兵从箱子里爬了出来。

有人跑过去，看那箱子，内里没有异样，更不见一点血迹。问那两个士兵，回答，好像睡了一觉。

神奇！神奇！

机关长更是觉得刺激。

程咬铁趁机激道："各位长官，我看机关长兴致很高，有请机关长与滕狼少佐'推心置肺'，好不好？"

众士兵齐呼："大大的好！"

机关长有些犹豫，但见士兵们情绪高涨，不好拒绝，便与滕狼少佐走上台来。

程序照旧。

所不同的是，程咬铁又拿了一块大红布，罩在两箱的红布之上。

快结束的时候，程咬铁掀起大红布一角，神秘而认真地说："人命关天，五分钟内，不可掀布。"说后，程咬铁钻了进去。

五分钟过去了。

十分钟过去了。

忽有人觉出不妙来，跑过去，揭掉红布：机关长，还有滕狼少佐，皆已毙命。

机关长的心被挖，滕狼少佐的肺被掏。

程咬铁不见了。

此时，程咬铁正蹲在一座新坟前，泪流满面。坟里躺着的，就是在滕狼少佐面前，被他指认的那个八路。

只是，村里没有人知道那个八路，就是他的儿子。

• 女匪

最后几个弟兄倒下后，黄阿皇知道很难活着出去了。眼看着匪徒从四周包抄过来，黄阿皇抬起手枪，枪口顶住了自己的后脑勺。这时候，就听啪啪几声枪响，一条黑衣汉子，仿佛从天而降。

黑衣汉子双手执枪，左右开弓，匪徒们像一棵棵被狂风刮倒的玉米秸秆，躺在地上。黑衣汉子抓起黄阿皇，贴着岭坡，如受惊的野兔，瞬间没了踪影。

跑了一阵，见没有追兵，黑衣汉子停了下来。好了，黑衣汉子吹着灼热的枪管，说，安全了，你回去吧！

黄阿皇扑通跪到黑衣汉子脚前，声泪俱下，神仙，是你救了俺，俺要你去俺寨上，俺要让寨上的弟兄都来伺候你，俺要……

没等黄阿皇说完，黑衣汉子哈哈笑起来，还说，俺不是什么神仙，你那寨子，改天一定去。

黑衣汉子转身欲走。

黄阿皇站起来，拽住黑衣汉子，好汉，即使要走，也该留个名姓，日后俺好寻你。

俺要是没有任务，还真想到你寨上看看。黑衣汉子觉得黄阿皇的要求并不过分，便说，俺就在山那边，后会有期。

黄阿皇回到山寨，叫来二寨主三寨主，告诉他们遭遇王大胖子伏击之事，气得二寨主三寨主哇哇乱叫，定要率兵攻打王大胖子，荡平黑头山。

黄阿皇没让。

黄阿皇清楚，凭山寨的实力，目前还斗不过王大胖子，但凭借山寨的险峻，一时半会，王大胖子也奈何不了自己。一旦下山，失去地形的优势，结果真的不敢想象。现在重要的，是要操练好弟兄们，强兵守寨，等待时机。想到这里，黄阿皇向二寨主三寨主下了命令，命令他俩率领弟兄们加强操练，练就过硬本领。

这是个月光朗照的晚上，黄阿皇伫立窗前，远处弟兄们操练的声响漫进窗子。听着这操练的声响，黄阿皇想起黑衣汉子，弟兄们若是都有他那手枪法，何惧王大胖子？

这样想来，黄阿皇不觉潸然泪下。想想自己，原本一农家女子，现在却过着刀尖上走路的日子，真是心寒。

十七岁那年，黄阿皇嫁到白头山下朱姓人家，夫妻俩日出而作，日落而息，小日子虽然算不上甘甜，但也过得去。

一天夜里，王大胖子率人闯进朱家，杀了老少三口，将她劫上山寨，强迫她做压寨夫人。

黄阿皇宁死不从，后来在丫鬟腊梅的帮助下，逃出虎穴。早听说白头山大寨主周大虎从不扰民，便壮着胆子，跑上山来。不久，便与周大虎拜了天地。

周大虎早已听闻黄阿皇美貌，垂涎已久，现在得了美人，如得心肝宝贝，呵护有加。

黄阿皇想要习武练枪，周大虎就把自己最心爱的勃朗宁手枪送给她，每日陪她习练。

擒拿、拳击、散打、格斗、骑马、射击、侦查，时间一长，黄阿皇无一不精。

后来周大虎战死，黄阿皇做了大寨主。

黄阿皇做大寨主后，除了不抢庄稼人外，还规定，抢到的金银财宝、纸币要拿出一些分给贫苦的村民。附近的村民们听说黄阿皇来了，都欣喜若狂。

只是，静下来的时候，黄阿皇真的想有个家，可自己土匪婆一个，谁要啊？

月色依旧，弟兄们的操练声还在响着。

黄阿皇看着皎洁的月色，想着黑衣汉子，仿佛有一种无形的神力，让她觉得自己再也不能这样等下去了。

黄阿皇叫上几个弟兄，向山那边寻去。

谁知，刚下山不久，就被王大胖子盯上了。

天亮时分，黄阿皇发现了异常，可已经晚了。她，还有弟兄们，都被王大胖子的人包围了。

王大胖子狰狞的笑声在清晨的旷野剽悍地响着。

黄阿皇命令弟兄们突围，她来掩护，可弟兄们"抗令"了，把她围在中间。眼睁睁地看着弟兄们一个个倒下去，她跳出"人墙"，冲杀过去。

王大胖子有令，要捉活的。

射出最后一颗子弹后，黄阿皇后悔了，后悔没有给自己留一颗。就在这时，一条黑衣汉子，仿佛从天而降。

黑衣汉子双手执枪，左右开弓。

王大胖子的人还没有明白过来怎么回事，黄阿皇，还有黑衣汉子，已经不见了。

黑衣汉子随黄阿皇来到白头山时，太阳正吐着娇艳的光芒。

黄阿皇让弟兄们叩拜过黑衣汉子后，大设酒宴。看着黑衣汉子豪气地喝酒，黄阿皇埋藏心底的那缕情思不禁又滋涌起来。

借着酒力，当着众人的面，黄阿皇"砰"地摔碎一个酒碗，然后宣布，她要嫁给黑衣汉子。

黑衣汉子懵了。这样率直的女子，他还真是没有见过。接受或拒绝，都不好回答。他只好佯醉。

黄阿皇扶着黑衣汉子，进了自己的卧房，将他放到床上后，便开始解自己的衣扣。

黑衣汉子弹下床来，说，你要做什么？还说，都是贫苦的人，为什么要这样作践自己？

黄阿皇脸颊像火烧一般，轻轻地问，大哥嫌弃俺？

俺怎么会嫌弃你？黑衣汉子说，俺是队伍上的人，是有纪律的。顿下，黑衣汉子又说，俺这次来，就是专门找你的。

找我？黄阿皇一脸疑惑。

是啊！黑衣汉子肯定地说，俺是来让你加入游击队的。

游击队？黄阿皇樱唇惊着"O"状。黄阿皇早就听说过游击队了，那可是打匪军铲土匪帮穷苦人干事的队伍，曾经想过去投靠，可一想自己是个土匪婆，就不敢了。现在……

游击队会要俺？黄阿皇不敢相信。

要。黑衣汉子的回答掷地有声。

……

后来，白头山易帜，这支队伍打匪军铲土匪帮穷苦人干事，名震淮河流域。抗日战争爆发后，他们渡过黄河，开赴前线。

• 飘落的红蝴蝶

同学们都在说空谷对幽兰有意思。空谷自己也耳闻了，可空谷还是对幽兰好。这不，昨天刚结束模拟考，空谷今天就约幽兰吃饭啦。

两人坐在靠窗的餐桌边，空谷剥出白白的海虾仁送到幽兰的嘴里。幽兰嘴嚼着海虾仁，眼睛却盯着窗外。五月的天，外面要多美就有多美。幽兰看着那些在空中翩舞着的红蝴蝶，脸颊绽开了花蕊。幽兰说，好美呀！

空谷也跟着说，好美呀！

只是，这会儿，空谷的脑海里，再现出那个画面来。那是QQ空间里好友传过来的一个动感影集，画面上，一个高三女生因担心"高考"考不好，从教学楼的顶层跳下去了。那女生穿着红裙子，坠落的过程就像一只飘落的红蝴蝶。空谷记住了那只红蝴蝶。

看见空谷在走神，幽兰问，想啥呢？

空谷把思绪拉回来。下午，空谷说，下午我们去爬山吧！

好哇。幽兰雀跃着。

山离学校不远，两人说说笑笑着，就到了。从山脚一路爬上去，虽然山不算高，但彼此身上还是汗津津的。倚着一块巨石，两人坐下来。

有山风抚摸。

两人看着正灿烂着的野花，心情愉悦起来。空谷捉起幽兰白嫩如葱根般的小手，扑进那灿烂的野花里，尽情地享受着大自然的恩赐。幽兰还在花丛中，撵捉一只红蝴蝶。看着幽兰高兴的样子，空谷好开心。

只是，这会儿，空谷的脑海里，又再现出那个画面来，那只飘落的红蝴蝶。

空谷的心里烙着阴影。

但很快地，空谷就调整好了自己的情绪。

空谷帮着幽兰，撵捉那只红蝴蝶。那只红蝴蝶，似乎故意逗着他们玩，忽上忽下，忽左忽右，好几次，险些被捉了，可还是逃脱了。

幽兰说，这红蝴蝶……

空谷也说，这红蝴蝶……

说过之后，两人都笑了，笑声漾开去，很远很远。

后来下山了，要不是碰上班上的同学，他们还在笑呢。那同学见了她们，样子怪怪的，这让幽兰很不舒服。幽兰说，有什么话，尽管说嘛。那同学嘿嘿笑起来，什么也没说，转身跑开了。盯着那同学跑开去的背影，幽兰的脸上露出困惑。

空谷见状，就逗幽兰，还说，那个同学，该不是暗恋你吧！

幽兰伸手就去揪空谷的嘴。空谷跑，幽兰追。经过溜冰场时，空谷停下来。空谷喘着气说，我们溜冰吧！溜就溜，幽兰像是在赌气。可穿上溜冰鞋，幽兰简直变了一个人，娇美的身影旋转着，宛然美艳欲滴的桃花，红艳艳，身上粘着无数的眼球。

空谷看着幽兰，脑海里便再现出那个画面来，那只飘落的红蝴蝶。空谷的心里咯噔一下，但很快地，空谷便向幽兰滑过去。

天暗下来的时候，他们回了学校。刚坐到课桌前，老师就过来了。老师叫走了空谷。

办公室里，老师阴沉着脸。老师说，放这一天假，你去哪儿了？

空谷说，没去哪儿，和幽兰在一起。

老师啪的一声拍下桌子，老师说，空谷同学，你搞搞清楚，下个月就要高考了，这样的时候，你还有心思去谈恋爱，你呀你……

空谷一听，笑了。接着，空谷就向老师讲了自己QQ空间里好友传来的那个动感影集。

空谷还说，昨天模拟考试结束后，幽兰倚在操场边的棕榈树下哭，我再三追问，她才告诉我，说她担心"高考"考不好。

哦……

老师沉思着。

● 拉钩

认识欣雅，是在高一。那时，校园里黄色的桂花正冒着香味到处奔跑。我们站在桂花树下，手钩着手，望着树叶说话。

"将来打算做什么？"我松开欣雅的手。欣雅的鼻翼微微颤动了下，而后羞赧地笑笑，"我希望能考进北大中文系。"

"我也想读北大中文系！"我觉得遇到了知音，便把自己对文学的向往描绘一通。欣雅听了，表情羡慕地看着我说："你读了中文系，就如鱼得水了！"我得意地弯出手指，"来，我们拉钩。"

那之后，我们朝着约定的目标，奋力拼搏。

光阴荏苒，时间一跳，高中生活便逼近尾声。我和欣雅，恪守着当初的诺言，报考了北大中文系。三个星期后，高考成绩出来了，我的分数进入录取分数线，欣雅却差几分。还是在那棵桂花树下，我见到了欣雅。欣雅站在那儿，眼睛盯着树叶。

"别泄气，考虑考虑其他大学吧！"我劝她。

"不——"欣雅羞赧地笑笑，"我会再拼搏一年的。"

大学生活对我来说充满新鲜和诱惑，新环境里，我就像一尾小池塘里的鱼蹿到了大海里，感受着博大世界的同时也饱呒着知识的乳汁，偶尔给欣雅打个电话，她好像在分秒必争，搞得我不忍心与她多聊，以免浪费她宝贵的时间。

斗转星移，感觉只是眨眼工夫，又到了高考成绩公布的时候。欣雅还是差几分。那时，我正好暑假在家，我找到欣雅，和她又走到那棵桂花树下。"欣雅，还是考虑考虑其他大学吧！"听了我的话，欣雅的鼻翼依旧微微颤动了下，羞赧地笑笑，上齿陷进下唇里，说："我会考上的。"欣雅再次选择了复读。

大二那年，我喜欢上了创作，有几篇小文发表后，热情倍增，与欣雅的联系也少了。冬天的时候，听说欣雅的母亲去世了，这对欣雅打击很大。我知道，她父亲早就不在了。欣雅该怎么办呢？我闷闷不乐地独自踱步，高中校园里的那棵桂花树便又在眼前晃动开来。我打了欣雅的手机，欣雅没接。我理解欣雅的心情，没有再打。现在想来，真是犯下了天大的错误。因为那之后，欣雅便没了消息。

大学毕业后，我进了现在的杂志社，编稿写稿。一天，在自由来稿的信件堆里，我发现了欣雅的稿件，小说凄美的故事感动了我，也感动了编辑部所有同仁。通过终审后，按照稿件上留下的地址，在一个偏僻的山沟沟里，我找到欣雅。

欣雅当时就坐在一间茅屋前的弯枣树下，头发蓬松，在奶孩子。见到我，欣雅蜡黄的脸上闪过一丝尴尬，然后淡淡地说："怎么会是你？"没有想象中的惊喜和眼泪。但我还是控制不住感情，抱住欣雅，哽咽着。欣雅怀里孩子的哭声将我推开。欣雅捋了捋蓬松的头发，望着我，讲述了母亲去世后，她的痛苦，还有高考的失败。欣雅说，后来她又连续考了三年，可成绩一年不如一年。为什么不考虑上其他大学呢？欣雅的鼻翼微微颤动了下，说："你忘了，我们是拉过钩的。""就因为这个？"我惊诧地瞪大着眼睛。"嗯。"欣雅的神情十分坚定。

生活真是有意思，高中时，我与欣雅的成绩只在伯仲之间。可我考上了理想的大学，按照预定的轨迹开始人生，欣雅却因为一个约定，努力过，拼搏过，最终处境尴尬。我不知该责备自己，还是欣雅，还是那个约定……想到这里，我问欣雅，"今后有何打算？"欣雅说："我还有选择吗？"顿会，又说，"听说大学要自主招生了，有特长可以破格呢！"我明白欣雅的意思，也清楚她坚持写作的缘由了。像当年一样，我弯出手指，"来，我们拉钩。"欣雅的表情复杂极了，但还是伸出了那双让岁月打磨得黑粗的手。

返程的路上，我一直在想，该不该与欣雅再拉那个钩呢？

● 人参

冷风剥着树枝，树枝响着痛苦的呻吟声。

成桂英睁开眼，将照片从胸口移开缓缓地放进睡枕下边。这会儿，成桂英摁亮电灯，穿衣起床。

屋外鸡圈里传来公鸡的打鸣声。

成桂英揭开锅盖，昨晚蒸好的红薯冻成了冰疙瘩。她倒了杯热水，边喝边啃，填饱了肚子。然后抹抹嘴，用手巾又包了两个，取了刨子，背了背篓，开了门。

一阵冷风扑面推来，成桂英激灵灵打个冷战，紧了紧脖颈上的围巾，顶着剜骨的冷风，走出门去。

东边天际露出白卡卡的光亮时，成桂英已爬上大别山这座支脉的山腰。

山风呼啸。

成桂英脸上渗出的汗水让冷风凝成晶莹的冰球。成桂英着实是累了，气喘吁吁。她想寻块地儿坐下歇歇，但最终没有。

三年前的那个冬天，丈夫上山采药，就冻死在这座山上。

成桂英知道，这样的数九寒天，一旦歇下时睡着了，后果就不堪设想。

成桂英继续往高处攀登。

太阳悬在天穹，露着白卡卡的脸。

成桂英摸摸衣兜，硬硬的纸片还在。她放心了。一定要采到人参。成桂英千遍万遍地叮嘱自己。

一岭。

又一岭。

成桂英不知翻越了多少个山头，可就是不见人参的影子。成桂英有些急了。这些天，成桂英一直就在这山上转，前几天，还没有这么着急过，可现在……成桂英不能不着急了，这是最后一天了，要是再寻不到人参，可就来不及了。

成桂英想起怀抱着女儿的情景：女儿躺在怀里，艰难地睁开眼睛，艰难地翕动嘴唇，艰难地把写着账号的纸片……

成桂英埋怨起丈夫来。

夜晚躺在床上正想着去镇上把养的鸡卖了，再向邻居借一点，也就够了。丈夫急火火赶过来。丈夫说，桂英，鸡正下蛋呢，卖了你吃盐吃油咋整呀？桂英说，不卖，答应女儿的事怎么办？丈夫挠挠头皮，说，桂英，山上有人参呢，去挖呀。桂英说，我都寻几天了呢，不见呀。丈夫说，天亮你还去，保准能挖到呢。真的吗？桂英高兴了。

成桂英后来醒了就琢磨丈夫的话，就觉得丈夫是在托梦给自己呢。成桂英就信了丈夫，谁知道……

天已过午，岭上的几粒阳光裹在冷风里。

成桂英的肚里叽叽呱呱着。

成桂英寻了一处背风的坡儿，打开手巾，拿出冰冰凉的红薯，啃。

有孤鸟平展着双翅静静地划过。

成桂英的目光追着孤鸟。

人参？成桂英惊着一双眼睛：头顶山崖的石缝里，几片掌状复叶，在凛冽寒风里，居然还挂着青色。

成桂英扔了红薯疙瘩，向着山崖的石缝，攀去。

翌日，四百里外的一所小学，全体学生表情肃穆地站在操场上。校长声音嘶哑。校长说，同学们，今天是文文老师离开我们的周年祭日。去年的今天，我们的文文老师为了救我们的张小小同学，光荣地离开了我们……

张小小同学大哭起来。

其他同学的脸上也挂着泪花。

校长举出一张卡，继续说，同学们，就这张卡，半个小时前，我们文文老师的母亲，为了满足女儿的遗愿，往这张卡里打进了 2000 元呀！

抽泣声。

不远处，光秃秃的树桠上，几只麻雀惶惑地瞪着眼睛。

• 代号：夜莺

像一片落叶，水灵落到地上。

水灵刚想站起，就觉肩头被一只钳子夹住。水灵摸枪，那枪，却到了对方手里。水灵清楚，是遇到高手了。

水灵低吼："什么人？"

"帮你的人。"蒙面人将手枪塞给水灵，"快！"

蒙面人拽起水灵，纵身一跃，越墙而过，轻轻落入院内。

院内明岗暗哨，森严异常。水灵与蒙面人躲在暗处，观察动静。

水灵："你到底是什么人？"

蒙面人："我是什么人，并不重要，重要的，是要拿回 N 城布防图。"

"你怎么知道我要 N 城布防图？"

"要想人不知，除非己莫为。"蒙面人提醒水灵，"没有完成任务，回去怎么交代？"

水灵被蒙面人搞懵了，好像她的事，蒙面人都清楚。刚刚，她是放弃了拿布防图，因为她认为没有把握。来之前，政委再三叮嘱，没有百分百的把握，千万不要打草惊蛇。在心里，她是觉得挺遗憾。现在蒙面人要帮自己拿回布防图，她心存感激。

　　"你有多大把握？"

　　"那要看机会。"

　　"什么时候才有机会？"

　　"机会是等出来的。"

　　蒙面人说后，再不作声。从黑头套里露出的两只眼睛，在暗影里，放着光。时间，一分一秒，从面前过去。突然，蒙面人一跃而起，像一条幽灵，迅雷不及掩耳。水灵跟过去。

　　穿廊，过堂，破窗，潜入暗室，解开密码箱，拍照……这一套连续动作，蒙面人一气呵成。

　　水灵将布防图交到政委手里后，向政委汇报了蒙面人。政委也觉得这个蒙面人有些来历，便让N城地下党彻查。

　　攻打N城的战斗，解放军的炮弹像长了眼睛。

　　显然，水灵的布防图起了重要作用。

　　这天，水灵正在擦枪。政委走过来。政委交给水灵一项特殊任务。原来，N城解放后，军统潜伏下来的特务，活动十分猖獗。政委命令水灵，让其通过已掌握的线索，打入敌人内部，搞到潜伏人员名单。

　　任务艰巨。

　　水灵接令后，作了精心的准备。但接近敌人后，还是被敌人看出了破绽，被关在地下暗室里。

　　这天夜里，敌人像是有什么行动，暗室内外，看守的人明显少了。水灵决定逃出虎穴。

夜半时分，水灵轻轻解了绑绳，撬开暗室的门，杀了看守，夺了枪，正准备逃走时，被暗哨发现了，枪声响起来。水灵边打边退，退着退着，便没了退路，眼看就要被生擒活捉了，蒙面人不知从哪儿蹿出来，啪啪几枪，撂倒一片，拽起水灵，像一条幽灵，闪进茫茫夜色。

跑了一阵，蒙面人停下来，塞过一张黄表纸，说："是你要的潜伏名单。"

还说："快走！"

水灵没走，水灵望着蒙面人，说："同志，请告诉大名。"

蒙面人像是很无奈，猛一跺脚，腾空跃起，像一个幽灵，消失在茫茫夜色里。

按照黄表纸上的名单，潜伏的军统特务，无一漏网。

只是在提审时，有一个特务说过的这么一句话，引起了审讯人员的注意。特务说，代号叫夜莺的，名单上没有。

根据特务提供的情报，这个夜莺，很可能就是蒙面人。这人对军统的情况十分熟悉，且身手不凡，武功高强。这么一想，政委便想起十年前牺牲的武小霞来。武小霞是游击队长，在一次阻击战中被俘，后被敌人枪毙。

水灵也觉得这个蒙面人……

一天夜里，睡梦中的水灵，听见房门吱了一声。水灵滚身下床，轻贴过去。透过门缝，水灵看见，朗朗月光下，蒙面人倒退而去。

水灵想喊，但水灵没有。

水灵发现地上躺着的纸片。水灵捡起，点亮油灯。就着昏黄的灯光，水灵扫眼，便收起纸片，夺门而去。

水灵没有撵上蒙面人。

水灵坐在空茫的屋子里，泪流满面。

微明，有人发现护城河漂着一具蒙面女尸，打捞上来，正是十年前被敌人枪毙的游击队长武小霞。

"妈——"赶到的水灵，扑到武小霞身上。

原来，水灵十岁那年，武小霞在战斗中被俘，残忍的敌人，拿其女儿要挟。为保女儿性命，武小霞只好配合敌人"演戏"，后加入军统。

武小霞在纸片上说，发现女儿是"红色特工"后，多次帮助女儿。因为自己早与组织失去了联系，怕说不清楚，连累女儿……

• 张石头的下午

这是末秋的一天下午，张石头正在自家门前撅着屁股劈烧柴，一个瘦小的后生颠过来。后生衣服破烂，右腿受了伤。后生颠到张石头面前，喘着粗气："老乡，能躲躲吗？"张石头扔下斧头，直起身子，一对眼珠子在后生身上滚来滚去。后生急了："老乡，保安队的人快追上来了啊！"果然，有喊叫声传过来。

张石头转身拉过后生，往屋内的炉灶边走。炉灶边堆着成捆劈好的烧柴，张石头抱过去几捆，让后生蹲进去，再把烧柴放好。

张石头跑出去，仍撅着屁股劈烧柴。

保安队的人跑过来，呼啦一下，把张石头围在当中。保安队长走过来，夺过张石头手中的柴刀，凶："刚刚跑过来一个人，你把他藏哪了？"

"没，没看见什么人啊！"张石头脸上挂着委屈，"老总，我在这劈柴，真没看见有什么人跑过来啊。"

"搜！"保安队长没睬张石头。

几个保安队员蹿进屋子里，噼里啪啦一阵折腾后，没有发现人。保安队长瞪着狐疑的目光，那目光像两把锥子，扎着张石头的脸。张石头脸上滚着汗珠。

这时，一个保安队员笑嘻嘻地贴上保安队长，小声嘀咕。保安队长听后，目光从张石头的脸上移开，抽出短枪，向屋里走去。

旋即，屋内传出张石头女人秋花的惊呼声。

张石头跑进屋，保安队长正在扒秋花的裤子。张石头就觉得血要从脉管里喷出来了，跳过去，啪啪甩过去几巴掌，打得保安队长好半天才回过神来。"你通匪——"保安队长恼羞成怒，举起短枪。

"砰——"

张石头闭上眼睛。

"砰砰——"

怎么还有枪声，张石头睁开眼，发现自己没死，傻了。

"快！"后生冲他吼，"带上你女人，快逃——"

张石头看看后生，又看看倒在地上的保安队长，拽过女人，推开窗子，正想跳出去时，被赶过来的保安队员围住了。同时被围住的，还有后生。

几个保安队员，没了领头的，争争吵吵好一阵后，才统一意见。他们把后生捆到一棵树上，把张石头捆到另一棵树上。派了一个人去报告队副，还派了一个跟着秋花杀鸡做菜。其余的，审讯后生。

末秋的日头，像喝醉了酒似的，摇晃着。

张石头被捆在那儿，心里直犯嘀咕：这后生要真是山那边的人，再说出是我藏了他，那自己不真的是通匪了吗？

可后生没说。

后生被折磨得不像样子了，还是没说。后生只说他是山那边的人，被追赶急了，偷偷躲到这户人家的烧柴堆里。后生还说，他枪膛里要是还有子弹……后生顿了下，抬起眼皮，看着张石头，继续说，这位大哥，让你受牵连了。后生这样说着时，就又昏迷过去。

张石头被感动了。看来，传言红军奸杀掳掠，共产共妻，不是真的。张石头这样思想，便喊："长官，我冤枉啊，你们放了我吧！"

还喊："放了我，我帮女人煮鸡给你们吃啊！"

见没有人理睬，张石头不作声了，可那一双眼睛，却死死地盯着屋子的木门。这一刻，他是多么希望秋花能出来啊。

日头开始往山坳里滚了，空气里漂浮着鸡汤的香味。张石头明白，鸡肉快要煮熟了。再见不到秋花，他的计划……突然，张石头嚎起来，撕心裂肺地嚎。

秋花跑出来，扑到张石头胸前。"鼠药——"张石头低声说过后，仍撕心裂肺地嚎。

一个保安队员抬起枪托，照着张石头的前胸，砸下去。张石头不嚎了。

另一个保安队员推着秋花，凶道："快给老子做菜去。"

秋花阴沉着脸，"菜做好了，这就盛去。"

保安队员们进屋搬出桌子，顺过板凳。

秋花将一盆鸡放到桌上，又端出白亮亮的米饭。

这些保安队员，中午正准备吃饭，上面有令，说是安山那地方，发现了红军伤员。

接到命令，他们便出发了。现在，真是饿了，一个个狼吞虎咽……

突然，一个队员捂着肚子，躺到地上，滚起来。

接着，又是一个、两个、三个……

秋花愣在那儿，脸煞白。直到张石头喊她，才回过神儿。秋花给张石头解开绑绳，又去解后生的。

　　这时候，后生醒了。后生看着他们，艰难地说："快走，别管我——"

　　"红军是好样的，"张石头语气坚定，"我们一定要把你带走！"

　　不远处响起跑步声。是回去报告的那个保安，与队副过来了。

　　"快！"后生手指一边的尸体，"把枪拿过来！"

　　张石头跳过去，拿过枪，放到后生面前。后生接过枪，枪口，对准了跑步声的方向。

　　后生喊："快走——"

　　张石头还愣着时，枪声响了。

　　后生打中了那个保安队员，可队副的枪，却击中了他。

　　队副调转枪口，对准张石头，一步步逼近。

　　张石头没有后退。

　　"砰——"队副晃了几晃，猝然倒地。

　　后生抬枪的手，也慢慢垂下。

　　张石头抱起后生，对秋花说："走！"

　　"去哪？"

　　"山那边。"

• 渔王

在戴家湾，捉鱼逮鱼技艺最精的，当属伍铭。

伍铭捉鱼，春夏季节不渔。在伍铭看来，春天是鱼繁殖时期，此时捉之，无论公母，都会祸及鱼类世界，关系鱼类发展；夏天，鱼正长身体，也是不宜。最适宜的时间，应是秋季和冬季。当然，也有另外。

这年春天，三代独苗的孙家喜得贵子，自然是喜不自胜。可这孙家媳妇，生后没有奶水，只好熬些米汤来喂娃仔。只是这娃仔，好像并不知道自己来的是穷苦人家，雇不起奶妈，哭啼着不吃。眼看娃仔饿得奄奄一息，孙家男人跪到伍铭腿前，央求。伍铭二话没说，拉起那男人，来到淮河岸边。原来，这一带百姓，也不知是何年何月留下的习俗，说这淮河黑龙洞的鲫鱼，吃后可表奶水。

黑龙洞在河水中间，即使是枯水季节，也水深几十米。一般捉鱼之人，是没胆量下到里面去的。也曾有骁勇之人，凭一时豪气，下到洞底，可并不见捉上鱼来。唯有伍铭，既能下得去，又能捉得鱼。此时，伍铭站在岸边，目视着滚滚河水，脱了衣裤，一头扎进水里，约莫一根烟功夫，左右手各钳一条鲫鱼，窜上岸来。孙家媳妇吃了那鱼，果真有了奶水。对伍铭，自然是感激涕零。

伍铭的名字，也因此更加响亮。

财主张一霸的三姨太，听说冬天黑龙洞的鲫鱼特别鲜美，哭着闹着要张一霸去让伍铭下黑龙洞给她捉鱼。张一霸领教过伍铭的脾气，怕他不干。只好和言悦语地劝三姨太，还指着外面鹅毛般的大雪，说这般的天气，伍铭他就是一个水怪，也没胆量。可三姨太就是不依。张一霸无奈，夜里派心腹放火烧了伍铭的两间草屋，白天假装很关心的样子，让人送衣送被，还捎话给伍铭，说只要肯到黑龙洞捉一条鲫鱼送过来，愿意给他新盖两间屋子。

这些，都被伍铭拒绝了。伍铭说，我这双手，只为穷苦的人捉鱼，地主老财，就是金山银山，我也不干。

后来，日本人开进了戴家湾。

驻守戴家湾的日军少佐龟慧一郎，听说伍铭捉鱼神奇，便让手下带来伍铭。伍铭见到龟慧一郎，样子十分高兴，还说，良民愿为大日本皇军效劳。

少佐龟慧一郎听了，很是高兴。

少佐龟慧一郎说，你的，良心大大的好！

还说，你的，就给大日本皇军，捉鱼的干活！

伍铭满口应承，并主动要求，捉回了鱼，亲手给大日本皇军做好。

戴家湾人恨死了伍铭，有人还往他屋子门口倒屎粪扔死猫死狗，有人碰到伍铭，上前就打，还骂，狗汉奸……

伍铭像是铁了心，跟着日本鬼子。

伍铭善做煎烤黄鱼，做出的成品，色泽棕黄，表皮酥香，肉质咸鲜可口，这些日本兵，十分喜爱。渐渐地，伍铭的名字，在日军中广泛传播。日军大佐可恒一郎闻言，要来尝伍铭的煎烤黄鱼。少佐龟慧一郎觉得是伍铭让他有了更近距离接触大佐的机会，高兴无比。让伍铭多多捉鱼，多做几个品种。伍铭脸上堆着笑，表示绝不辜负少佐。之后，伍铭来到淮河岸边，一天要扎进黑龙洞几次。

连续几天，都是这样。这几天，伍铭只捉不做，小鬼子一个个都馋得不行。伍铭解释说，等大佐过来了，我要拿出看家本领，做出更多的品种，保你们吃好吃饱。那些小鬼子，听伍铭这样说了，伸着大拇指，连声说，你的，大大的好！

这一天，大佐可恒一郎果真来了。

伍铭除做了煎烤黄鱼外，还做了鸳鸯鱼卷、迷你双跪、清蒸鲢鱼、蒜香鲤鱼、浇汁鳗鱼。

大佐可恒一郎见了这么多菜，高兴，命令在院子里摆上桌子，全体士兵共享美味。

士兵们高兴万分。

菜上齐，少佐龟慧一郎正要举箸夹菜，大佐可恒一郎拦住他，微笑着看着伍铭，说，你的，统统尝尝的？

伍铭走过来，夹起菜，边尝边介绍着，每道菜都尝过了，也都介绍完了，这才站到一边。

少佐龟慧一郎手指着站在一边的伍铭，说，这个中国人，良心大大的好！说罢，夹起一块鱼，送到大佐可恒一郎碗里。

夸着，赞着，吃着。

忽有人喊叫起来，接着是更多的小鬼子喊叫起来。大佐可恒一郎捂住疼痛的肚子，慢慢地抽出军刀，向伍铭移过来……

伍铭肚子也开始疼了。

伍铭手捂着肚子，一字一顿地说，小鬼子，知道你们检查那么严，老子是怎么……老子在水下，把那河豚切成小块塞进了鱼肚子里，老子在每条鱼的肚子里都……

伍铭话没说完，扑通一声，倒下了。

只是，伍铭的那张脸，却绽着笑容，很开心的样子。

• 结局怎么写

他站在一棵柳下，她站在另一棵柳下。

他手里握着剑，她手里也握着剑。

她说，都说我们这些剑客不会写小说，你服吗？

他说，不服。

她说，那你写写我看？

他说，小说要有开端、发展、高潮和结局。

她说，我知道。

他说，我们今天再聚，是因为三年前的那场厮杀。那场厮杀，你输了。其实，我们是恋人，输了就输了呗，谁曾想你好胜心那么强，就因为那场厮杀，你离开了我，且一离就是三年。

她说，不是好胜心，是自尊。我不希望做妻子的不如丈夫。

他说，你说自尊就是自尊吧。

她说，你的意思，这可以算是小说情节展开的开端。

他说，完全可以。

她说，那情节的发展呢？

他说，你输后，冲我怪怪地笑笑，翻身上马，狠劲甩着马鞭，马跑如飞，后来的事，你是当事人，你自己说吧！

她说，我不说你能知道？

他说，我会想象，小说允许想象。

她说，那你就想象吧。

他说，当事人在，我可以节约些脑细胞。

她说，还要我说？

他说，自然。

她说，好吧！

她眼角有些湿润。

她说，我骑着马，满山满岭一阵乱跑，后来天黑下来，马累了，我也困了，就寻了一处避风的山坡，躺下了。

他说，我找你了，找得好苦。

她抹下眼角。她说，半夜的时候，突然有凉凉的东西顶着我的下颌，我慢慢睁开眼，淡淡月光下，两个彪形汉子站在我面前，其中一位，用脚趾夹着剑柄，剑刃顶着我的下颌。我说，你们这是干什么？大老爷们欺负一个女子，也不怕道上人知道了，笑话你们。还甭说，我话音刚落，那个用脚趾夹剑柄的人，将剑往上一踢，抬手攥在手中。我一个鲤鱼打滚，跳了起来。真没想到，那两个汉子会那么不经打，还没过几招，竟然都死在我的剑下。

他说，你杀人了？

她说，杀人了。

他说，是因为杀人了，才不敢回来？

她说，不是。

她晃了晃手中握着的剑。

她说，是觉得自己的剑术，的确不如你。

他说，就因为这？

她说，不错。

他说，那么现在，你有决胜把握了？

她说，我投奔名师，苦练三年，今天回来，就是要与你试试高低。

他说，那下面应该算是情节的高潮了？

她点点头，手握剑柄，剑刃直奔他的喉结。他一个青蛙跳水，躲开。她手腕轻翻，剑刃直抵他的裆部。他又是猴子上树，站到柳枝之上。她怒，骂他欺负人。他觉得她招招狠毒，本想让让她，没曾想她竟会有如此想法。他跳下树来，用了真功与她厮杀。她真是长进不小。他心里暗喜。想着将来鸳鸯共枕后，双剑合一，珠联璧合，武林之中，定有一席之地。他这样想时，便觉心窝处被利剑刺穿。

他瞪大眼睛，惶惑地看着她。

她脸颊淌着泪水。

他说，结局怎么写？

她拔出剑，手腕一翻，直直插入自己心窝。

他说，你……

她说，你，到了那边，也不许……伤我……自尊。

• 你追我吧

女孩很丑。

没事的时候，女孩就会喊上一帮朋友，窝在歌厅的包间里唱歌。女孩的歌，唱得也不怎么样。但女孩就是喜欢唱。女孩最爱唱邓丽君的《甜蜜蜜》：

甜蜜蜜

你笑得甜蜜蜜

好像花儿开在春风里

开在春风里

在哪里在哪里见过你

你的笑容这样熟悉

……

虽然，女孩唱得不怎么着，但由于投入，声情并茂，还是感动了在座的朋友。常常，开始是女孩一个人唱，接着就是所有在座的朋友齐唱。那声音，在麦克风的助推下，挤出歌厅，飘浮在空茫的夜色里。

歌厅的生意，因为女孩，兴隆起来。

歌厅老板感激女孩，想请女孩到歌厅来。女孩没应。

那一夜，女孩躺在床上，泪水泡湿了睡枕。女孩清楚，就她的模样，与朋友躲在包间里疯，还能烘托出些气氛，要是让自己亮相歌厅的霓虹灯下，还不把老板的生意砸了。

这天，朋友水莲约女孩登山。她们爬到半山腰的时候，老天突然变了脸，瓢泼般的雨水往下倒，雨水夹杂着土石往下滚，她们拽着一棵树，淋着雨，等待雨过天晴。可是，这雨似乎越来越精神，她们共同拽着的那棵树，显得力不从心了。举目四望，满眼的雨水里，没有见到第二棵树。目及之处，是浑浊的雨水，是在浑浊的雨水中挣扎的小草。她们害怕了。她们清楚，雨水一久，这棵树要是……现在，最安全的办法，就是她们之中，必须有一人的手松开树，可一旦松开了，在这样没有借助物的情况下，其结果必死无疑。

女孩说，水莲，快打110。

说后，女孩的手松开了。水莲看见，女孩滚动几下，双手插进一片草根里，停了会，接着，与那片草根一起，往山下滚去……

女孩的事迹在小城传开了。

听说女孩被山石划破得不成样子，歌厅的老板决定拿钱帮女孩治疗。电视台也来人要采访女孩。

女孩都婉拒了。

歌厅老板，觉得女孩特个性，找到女孩家。见女孩遍体鳞伤的样子，还不治疗，问女孩，你这是怎么了？

女孩脸露浅笑，没怎么啊！

都伤成这样了，歌厅老板声调有些湿了，这不是作践自己吗？

真的不是作践自己，女孩脸上的笑颜浓了些，人丑，这样更好。

丑？歌厅老板生气了，谁说你丑了？

不丑？女孩扑哧笑出声来，你说我不丑，那你追我吧？

追就追！歌厅老板认真起来。

女孩没有接受歌厅老板的追求。但女孩接受了他的邀请，亮相歌厅的
霓虹灯下，女孩还是唱邓丽君的《甜蜜蜜》：

甜蜜蜜

你笑得甜蜜蜜

好像花儿开在春风里

开在春风里

在哪里在哪里见过你

你的笑容这样熟悉

……

歌厅的生意火爆起来。

都说，那丑女，唱歌那投入，真带劲！

● 空网

欣爱溜出校园。

欣爱边走边打梅花手机，欣爱说，梅花，帮我找家工厂，我不想读书了。梅花说，说梦话吧，欣爱。欣爱说，真的，我一天也不想读了。梅花说，还有几个月就高考了，这个时候打退堂鼓，犯浑呀你。欣爱说，我就犯浑了。梅花明白欣爱的态度了，只好说，有工厂招工，通知你。

欣爱挂断电话。

沿着一条小煤屑路，欣爱一直往前走去。路两边，是柳树，柳叶被微风吹着，响着细细的笑声。阳光在晃动的柳叶上跳着，时而跑到欣爱的脸上。欣爱没睬。

欣爱继续往前走。

一条小河沟，二十来米宽的样子。一个小男孩，也不过十四五岁。小男孩站在小木船上，手里拿着网，哗——

欣爱站在河沟边，不走了。

小男孩慢慢收起网，没鱼。小男孩脸上搁着笑，又把网撒开了，哗——

欣爱看着小男孩。

小男孩慢慢收起网，没鱼。脸上仍搁着笑，又把网撒开了，哗——

小男孩开始收网了，没鱼。脸上还是搁着笑，再次把网撒开了，哗——

还是没有鱼。

欣爱喊，这河沟，怕是没鱼吧！

小男孩仍把网撒开了，哗——

小男孩说，有。

欣爱喊，你撒了这么多网，连个鱼影儿也没见到，还会有鱼？

小男孩说，有。

欣爱觉得这个小男孩很顽固，便不作声了。欣爱想看到小男孩网不到鱼后，沮丧的样子。

小男孩又开始撒网了，哗——

哗——

哗——

太阳往西山坳坠了，小男孩还在撒网收网，还是没鱼。

欣爱喊，别网了，这河沟没鱼。

小男孩说，有。

欣爱说，你怎么恁犟啊，都半天了，鱼影儿也没见到，还说有鱼？

小男孩说，有。

欣爱想笑，但没有笑出来。小男孩真的网到鱼了。

小男孩说，网到鱼啰！

欣爱觉得小男孩特有毅力，特能坚持，欣爱说，要是网不到鱼呢？

小男孩说，明天还来。

小男孩这样说着时，木船已划到河边了。小男孩说，走，去我家吃鱼呀！

欣爱摇摇头。

欣爱折身往回走时，打了梅花的手机。欣爱说，梅花，不麻烦你了，我还想读书。梅花听了，高兴起来，说，这就对了。还说，欣爱，我没有读下去，悔烂肠子了。

几个月后，欣爱考取了重点大学。

取通知书这天，老师叫住了欣爱。老师说，欣爱，能考上这么理想的学校，你要感谢一个人啊！

欣爱说，谁？

老师说，走，见面就知道了。

欣爱随着老师，沿着那条小煤屑路，一直往前走，后来就走到那条河沟边。河沟中间的小木船上，站着小男孩，小男孩手里拿着网，正准备撒开时，被老师叫住了。老师喊，张小毛，看谁来了？

张小毛扭过头，见是欣爱，便喊起来，欣爱，考上了？

欣爱懵了，说，老师，这是怎么回事，他怎么知道我的名字？

老师只笑不语。

那个叫张小毛的男孩，见机撒了网，再收网时，就见鱼儿活蹦乱跳了。张小毛得意地盯着欣爱，说，这河沟是爷爷承包下来养鱼的，怎么会没鱼呢？

原来……

• 卖牛肉拉面的女人

去辽宁朝阳参加颁奖会，坐火车到朝阳，是夜里两点多钟。走出站口，走在空旷的站前广场上，冷飕飕的冬风割着脖颈。我拉着旅行包，正艰难地走着，忽然发现距广场不远的地方，一家镶嵌着牛肉拉面字牌的玻璃门店里，灯亮如昼。肚子都空十几个小时了，在这样的冷夜里，在这种陌生的地方，有这么一处填肚子的地方，真是太好了。

我推开了那扇玻璃门。

扑面的暖气让我感觉换了一个世界。店面不大，但很整洁，红色的几案上放着不同口味的佐料。女人见我进来，倒了一杯热茶捧到面前，放茶的时候，女人轻声问，先生用些什么？一口标准的普通话，一脸灿烂如花的笑，令我顿生好感。看着女人，看着女人白白的羊毛衫、红红的牛仔裤、曲线优美的身段，我说，来碗牛肉拉面吧！女人说声好嘞，走开了。

也就十来分钟的时间，女人端着热气腾腾的牛肉拉面走过来，放下后，女人转身回到吧台里，嗑着瓜子，有一句没一句地跟我聊着。

女人的老公出车祸死了，女人用肇事司机给的补偿款，租了这家小店，养活两个孩子。为了多挣些，女人一天到晚都守着店。困了，趴吧台打会盹。日复一日。

我说，怎么就没有找一个？

女人说，心里就是抹不去死鬼男人，不想找。

女人说这话时，眼角挂着泪水。

我知道触到了女人的痛处，慌忙转移话题。我说，你这拉面做的，真是入味。女人抹了下眼角，说，是吗？是啊，我说，色香味俱佳。女人浅笑笑，说，那就再来一碗吧！说罢，女人咪咪笑起来。

女人笑着时，就又走过来。女人给茶杯添茶时，我掏出钱包，抽出张百元钞递给女人，女人找零后，我随手把钱包放到几案上。

女人返回吧台，嗑着瓜子，仍是有一句没一句地跟我聊着。听说我是河南信阳人，眼神里就多了几分古怪。女人说，你们那产茶叶，房前屋后都是茶树，是吧？我说，不是这样。还说，茶树大多都长在山上，像西九华山，像青峰岭。女人觉得不可思议。样子怪怪地看着我。

这时，有顾客走进来。

我拉着旅行包，出门走了。

颁奖会所在的燕都国际酒店距离并不远，大约步行半个小时就到了。走进酒店，要了房间卡，痛痛快快地泡过澡后，倒床便睡了。这一睡，直到服务员叫醒我，说是午餐时间了，我才匆匆赶到餐厅。都是各地来的作家，有熟悉的，也有陌生的，但彼此见了面，都觉得很亲切，喝酒都很用力。正高潮着，服务员领着女人走过来。怎么会是她？见我迟疑，女人将钱包塞到我的手里，女人说，这是你落下的，我可是费了周折才找到你的。我攥着钱包，一边说着感激的话，一边从衣兜里抽出五张百元钞，女人接了一张，找回 68 元。女人说，为了找你，要耽误卖四碗拉面，一碗拉面 8 元钱，就是 32 元。说后，女人转身走了。我硬塞给女人 10 元钱，说是打的费。女人不要。女人说她是骑单车过来的，不用打的。女人说后，就走了。我送女人到酒店门口，看着女人在冬风里的身影，心里滋涌着莫名的惆怅。

回到酒桌，刚坐下，女人又来了。女人说，真的不好意思，账不能那样算，你是耽误卖四碗拉面，但你并没有吃哇，所以嘛，成本不算数，只能算利润。说着，女人便把多收的钱塞给了我。还没等我反应过来，女人已经走开了。

望着女人离开的背影，我真想撵出去，送送她。

颁奖会结束后，我回了信阳。女人的身影常常在脑子里闪。为感谢女人，我给女人寄去包"信阳毛尖"，但没过多久，就收到女人的汇款单，在附言里，女人写道：

茶叶收到，谢谢！到茶叶行鉴定了价格，值 1000 元，去掉汇款费 5 元，汇去 995 元，请查收。

● 一只猴子

　　小鬼子开进戴家湾时，天真正躺在自家的屋顶上睡觉。是村民们的哭喊声，惊醒了天真。天真看着晒场上黑压压的村民，看着那些端着枪的小鬼子，明白发生什么了。天真待在那儿，想等小鬼子走了，再过去看看。天真就那么待着。这会儿，天真看见爹娘也挤在那里面。天真想跑过去。只是天真还没有开始跑。晒场上突然响起了机关枪的嗒嗒声，接着，那些村民，像田野里枯萎的玉米秸一样，被风一吹，纷纷倒下。天真傻眼了。

　　后来，天真就逃到了这座山上。

　　天真寻了一个洞穴，躲进去。饿了，就出来找些野果野菜。忽一天，一群猴子也发现了这个洞穴，唧唧哇哇地跳进来。天真想赶它们走，可那些猴子，一个个龇牙咧嘴的样子，让天真害怕。

　　天真选择了离开。

　　天真寻遍了整座大山，也没有寻到洞穴，只好又回来了。只是这些猴子，对天真的到来，好像并没有什么敌意。常常，还会捧些野果野菜过来，送给天真。时间一久，天真也就融进了它们的生活。与它们一块爬树摘野果吃，一块漫山遍野找野菜吃。晚上，与它们挤在一起；白天，与它们一块嬉戏。忽一天，天真发现自己的一头黑发变成了金色，脸上身上脚上也都长出了金色的毛，天真惊怵了。更让天真惊怵的，是自己的举手投足，与那些猴子，根本就没有区别了。也就是说，自己现在已不是人了，是一只猴子。天真好忧伤。好在，天真还会说些人话，虽然没有先前说话流畅了，但毕竟还是能说一些。

一天，一队小鬼子搜索过来。当时，天真，还有那些猴子，正在树枝上玩耍。小鬼子开枪就打。很多猴子被子弹打中后，从树枝上掉下来，死去。天真举起双手，说，别开枪……

小鬼子见这只猴子会说话，觉得好玩，就把天真带回去了。

天真被拴在小队的院子里。

那些小鬼子，没事的时候，会拿一些剩饭剩菜过来，逗天真，撩天真说话。天真就说些诸如"死啦死啦的""皇军大大的好"之类的，逗得小鬼子捧腹大笑。

小队长藤田一郎尤其喜欢天真，只要没事，就过来逗天真。天真只要见了他，也显得特兴奋。藤田一郎说一句，天真学一句。有时候，天真还会主动发挥，说些诸如"你想家吗""孩子他妈很漂亮吧"之类。藤田一郎觉得，天真不是一般的猴子，要好好地饲养，将来回国了，一并带回去。就这样，藤田一郎让士兵取了拴在天真脖子上的铁索链子。在小队的院子里，天真可以自由活动。

天真在院子里溜达，摸摸这个脸，踢踢那个腿。偶尔，耍几招，逗得小鬼子笑声四起。时而，还会溜达进小队长藤田一郎的房子，给他捶锤背什么的。藤田一郎也高兴得合不拢嘴。

这天上午，小队长藤田一郎接到命令，让他们小队午夜前赶到戴家湾，配合大队行动，剿灭戴家湾游击队。小队长藤田一郎传达命令后，要小鬼子午餐后好好休息，天黑前出发。

天还没黑，50多个小鬼子站在院子里，小队长藤田一郎要训话。只是，那藤田一郎还没有开始训话，天真抢在前面先说了："小鬼子，张开你们的狗眼，好好看看我是谁？我是天真，戴家湾人。几年前，你们血洗戴家湾，我是唯一幸存的。我跑到大山里，吃野果野菜，与猴子混在一起。我好好一个人，是你们把我逼成了猴子。我虽然是猴子身，可我的人心没变。现在，你们又要去剿灭戴家湾游击队，想得美……"

有小鬼子想上前来。

天真抖抖手里的火药线，大声地说："谁都不准动，敢动，我就拉这个东西。"

天真哈哈大笑起来："小鬼子，来呀，这四周都埋着炸药哩。"

天真说完，狠劲拉了火药线，只听"轰轰"声响，50多个小鬼子，都见了阎王。

后来，另一小队的鬼子赶过来，在清理现场时，发现了一只猴子，嘀咕：怎么会有一只猴子呢？

特别情感

第三辑

● 最后的旅行

春风飘香时节，男孩和女孩决定去游泰山。

到泰安的时候，春阳已斜了身子。坐了一天的车，男孩和女孩都有些饿了。男孩说，先吃点东西吧？女孩点点头。

男孩拉着女孩的手，走进一家快餐店。

小店不大，但很精致，很有品位。男孩和女孩寻了靠窗的桌子坐下来。要了几个地方小菜，两瓶泰山啤酒。喝着清香爽口的啤酒，男孩和女孩兴致大增。

音响里浮漫着莫文蔚的《广岛之恋》。

女孩跟着哼唱起来。

不远处，有个男子在喝闷酒，男子的面前放着七八个空酒瓶，男子还在喝。

女孩不哼了。

女孩示意男孩看向那男子，女孩说，你过去劝劝他？

男孩没作声，也没行动。

女孩说，过去劝劝嘛，你看他都醉了！

男孩还是没作声，也没行动。

女孩气了，忽地站起来，径直往那男子的座位走去。

那男子见了女孩，像在广袤的沙漠里撅出一眼清泉，看着清凌凌的泉水，男子精神亢奋。

男子说，坐下，我们喝一杯。

男子啪地又打开瓶啤酒。

女孩阻止，还说，这位大哥，你喝醉了，不能再喝了。

男子不睬。

男子仍说，坐下，我们喝一杯。

男孩走过来，接过男子的酒杯，对准男子的脸泼过去。而后，拽过女孩回了座位。男孩说，别怕，他只要敢过来，我就捅他。男孩按按裤带钥匙链上的水果刀。

女孩清爽爽的眸子看着男孩，像在读一本深奥难懂的书。

音响里莫文蔚还在动情地唱着《广岛之恋》，但窗外的天明显矮了。

女孩推了碗筷，转身出了小店。

男孩赶过来，男孩说，怎么了？

女孩说，没什么。

男孩还是觉得女孩不像是没什么，男孩这样想着，心里就空落落的。有几次，男孩试图去捉女孩的手，可捉了几次，都被女孩甩开了。

天色还没有暗下，小街两边的灯光便亮了起来。男孩和女孩的身影被灯光时而拉长时而剪短。

一家旅馆前，女孩停下来。

女孩说，就住这儿吧！

男孩说，好好。

走进房间，女孩和衣躺到床上，望着天花板上似乎还响着咝咝声的日光灯，女孩暗暗地想，灯啊，你叫唤什么呢？

男孩在洗漱间洗澡。

听着哗啦啦的撩水声，女孩脸颊泛红，心跳加速，毕竟，女孩还没有与男孩单独这样处过。

男孩什么时候洗完澡的，女孩不知道。女孩知道的，是醒来后看见的：男孩的右臂垫在她的头下，左手搭在她的小腹上。那一刻，女孩眼瞪着趴在窗棂上的阳光，心里暖暖的。

女孩悄悄离开床，轻轻开了窗，春风里裹挟着的香扑面而来。

女孩觉得，那扑面而来的，不是香，而是爱情。

女孩有些心花怒放了。

但女孩的这种感觉，就像草叶尖尖上的小露珠，阳光一照，没了。

女孩是听到洗漱间里响着的哗哗水声了。

女孩急急跑进去，急急关上水龙头。怎么会忘记关水龙头呢！女孩想。

后来男孩醒了。女孩问男孩，你怎么能忘记关水龙头呢？

男孩满不在乎，男孩说，又不让咱付水费，管它呢！

女孩清爽爽的眸子看着男孩，像在读一本深奥难懂的书。

有鸟叫声在窗外的树林里弥漫。

女孩收拾好物件，说，走吧！

男孩说，好。

男孩和女孩就去了车站，乘汽车到中天门，然后开始徒步登玉皇顶。

真真风光旖旎呀，男孩由衷地感叹。

你看那些古建筑，女孩也来了兴致，真是绝妙的历史画卷呀！

男孩和女孩边登边欣赏着沿途大自然赐予的美丽，两人都被大自然的美陶醉了。

女孩说，真好玩。

女孩还说，我有种心灵被洗涤的感觉。

男孩笑，没语。

风，突然大起来，还响着哨音，好像要裹走踩在山体上的一切尤物。男孩捉了女孩的手，往玉皇顶靠近。眼看接近玉皇顶了，突然有人传下话来：顶上风大，今天不易上去。

男孩说，不上了吧？

女孩仰脸看看，说，上。

男孩说，太危险了！

女孩抽回手，态度坚决极了，女孩说，上。

说后女孩哈着腰，往顶上登去。

男孩喊，不能上呀——

男孩还喊，危险——

但女孩还是上去了。

登上玉皇顶，女孩不知哪来的勇气，站直身子，看白云在脚下升腾，看阳光编织七彩锦带，看众山俯首称臣，看……

女孩好高兴。

女孩脸绽笑容地下了玉皇顶。

男孩迎上来，说，好险……

男孩还想往下说，可话让女孩打断了。女孩说，知道危险你怎么……

女孩也没把话说完。

女孩清爽爽的眸子看着男孩，像在读一本深奥难懂的书。

后来，女孩便与男孩分手了。

好好的，怎么就分手了呢？

谜！

• 乡间女性爱情（系列）

- 水莲 -

天还没亮，黑瓜就开始放牛了。露水很重，黑瓜牵着牛绳在田埂上还没走多大一会，鞋子还有裤腿都湿了。黑瓜干脆骑到牛背上。

骑着牛，听着牛吃草的噗噗声，黑瓜觉得特落寞。

黑瓜掏出笛子，横到嘴边：

跑马溜溜的山上

一朵溜溜的云哟

端端溜溜地照在

康定溜溜的城哟

……

黑瓜正吹着，忽听见不远处的田埂上，也有人在吹这首《康定情歌》。会是谁呢？黑瓜犯起了嘀咕。黑瓜知道，队里会吹笛的，除了她，没有什么人呀，难道是她……

黑瓜在跟麦苗好时，听麦苗说过，水莲笛吹得好着呢。这样想时，黑瓜精气神就足了。再吹笛时，笛音里就渗着些许挑逗。可让黑瓜没有想到的是，对方似乎更大胆些。

是水莲？黑瓜高兴起来。

黑瓜边吹笛边拍打着牛屁股，急急往水莲那儿赶。只是那点距离，好像永远也缩短不了。黑瓜明白了，水莲是存心要保持距离呢！

东方泛起鱼肚白。

黑瓜看见水莲了。水莲骑在牛背上，两条黑黑的长辫子在晨风里晃动着。见黑瓜在看她，水莲对着牛屁股猛抽几鞭子，那牛就颠颠地跑起来。黑瓜仿佛看见水莲胸前那一双小白兔在蹦蹦跳跳着。

这天上午，黑瓜窝在家里，没有出工。黑瓜是在给水莲写信呢。黑瓜念书不怎么样，这写起信来，可就觉得太累了。但黑瓜还是写出来了。下午出工，找机会塞给水莲。黑瓜这样想着，心里就美美的了。

更让黑瓜美的，是水莲见了信后，冲他吐吐舌头，转身跑开时，撂下的一句话。水莲说："晚上见哇，黑瓜！"

月亮躺在水塘里。塘边的草丛里，萤火闪烁，蛙声鼓噪。

黑瓜坐在池塘边，目光聚着对岸的茅草屋。草屋里的灯光穿过窗洞跑出来，淡淡地映在地上。

也不知等了多久，等得黑瓜都快没有信心了，水莲才轻手轻脚地走过来。

水莲说："黑瓜，还真等呢？"

黑瓜说："真等。"

水莲说："那我要是不来呢？"

黑瓜说："那我就一直等。"

水莲说："那我要一直不来呢？"

黑瓜说："那我就跳这池塘里。"还说，"没有你，我活着还有啥子意思啊！"

黑瓜这样说过后，便呜呜地哭起来。

水莲像是被感动了，声音便也湿漉漉的。

翌晨，麦苗还窝在床上，水莲就过来了。水莲拽起麦苗来，水莲说："你不要为黑瓜难过了，黑瓜不值。"

麦苗从床上爬起来，揉着红肿的眼皮，怪怪地盯着水莲。麦苗说："黑瓜哥一时糊涂，他是爱我的，他说过愿意为我去死的。"

水莲想笑，但没有。

水莲问："你们分手几天了？"

麦苗说："两天了。"

水莲说："这两天你不吃不喝，你知道黑瓜在干啥？"

麦苗说："干啥？"

水莲掏出小收音机，放到麦苗手上。水莲说："这收音机还能录音，你按播放键听听吧！"

麦苗小心翼翼地按了下键，里面的声音便出来了：

水莲说："黑瓜，还真等呢？"

黑瓜说："真等。"

水莲说："那我要是不来呢？"

黑瓜说："那我就一直等。"

水莲说："那我要一直不来呢？"

黑瓜说："那我就跳这池塘里。"还说，"没有你，我活着还有啥子意思啊！"

- 麦苗 -

麦苗失恋后，像变了一个人。出工时，只顾埋头干活，很少讲话。就是水莲跟她说话，她也只是敷衍几句。回到家，一头扎进小屋里，就连吃饭，娘也要叫她好几遍。

这天，集市逢会。麦苗也去了。麦苗穿着红汗衫蓝裤子，走在人堆里，很扎眼。会上人多，推推攘攘的。麦苗在人堆里挤了一会，便出来了。

骄阳似火。

麦苗浑身汗渍渍的。凑嘛热闹呀？麦苗躲到树荫下，后悔不该来。

队长也躲到这树荫下，看见麦苗，精气神忽地就上来了。队长说："麦苗，是你呀？"麦苗点点头，算是回答了。队长说："麦苗，能在这遇见你，真高兴。"麦苗觉得队长这人真是有意思，麦苗是队里的社员，麦苗一出工，你不就见到了。当然，这些都是麦苗在心里想的。麦苗没有说出来。麦苗不作声，队长的胆子便大了。队长说："麦苗，这天太热了。"还说，"麦苗，去饭店里坐坐吧，那里有电扇呢。"听说要去饭店，麦苗的肚子就响了。麦苗没吃早饭，肚子正在怄气呢。

麦苗说："好啊！"

饭店不大，但雅致。

队长带着麦苗，走进单间。队长拧开电扇的开关，那扇页便呼呼转起来。

麦苗坐在椅子上，吹着风，忐忑地看着队长。麦苗说："队长，这不好吧！"说过后，麦苗的脸颊便漾开了绯云。队长的眼球在麦苗的脸上滚过后，说："我是你队长，有什么不好的。"麦苗垂下头，手抓着红汗衫的下角，上齿紧紧咬着下唇。

队长让炒了两个菜，还要了瓶"稻花香"。

麦苗吃了点菜，觉得肚子不再怄气了，就想离开。

队长不让，队长说："麦苗，这菜都炒了，不吃不是浪费吗？"还说，"你看这酒，打开了，不喝不就丢了吗？"

麦苗心慈，说："那就再吃点。"

队长说："光吃不行，还要喝点。"

麦苗给青草当伴娘时，喝过两杯，再加上心情不大好，便接了一杯。喝过这杯后，麦苗坚持不喝了，但拗不过队长。几杯酒下肚，麦苗反而要酒喝了。队长知道，女人到要酒喝的地步，就可以发动进攻了。

队长把麦苗按到地上，本以为麦苗会反抗的，可麦苗没有。麦苗不但没有反抗，相反，还很配合。

队长离开麦苗身子后，坐到椅子上，边喝着酒，边看着麦苗穿衣服。麦苗穿衣服的动作很慢，慢得像写小说的人，在进行一个细节描写，其实，这个细节，200字就足够了，她一定要写2000字。

麦苗穿好衣服后，忽地从地上弹起来，抓过酒瓶，咕嘟嘟喝起来。

队长夺过酒瓶，麦苗去抢。

队长说："麦苗，你醉了！"

麦苗说："给我，没醉……"

队长知道麦苗是醉了，便搂起麦苗，饭店对面就有旅社。队长开了房，把麦苗放到床上。

太阳往西山里坠的时候，麦苗醒过来。

麦苗看着陌生的小旅社，目光突然停在队长的脸上。队长怕了，脸色刷地就白了。队长说："麦苗，我是喝多了，喝多了呀！"

麦苗咯咯笑起来，还说："队长，过来——"

麦苗展开双臂。

队长向床边挪去。

麦苗抱住队长，声音里浸着酸楚。麦苗说："答应麦苗一件事，麦苗就依了你。"

队长说："什么事？"

麦苗说："去把黑瓜做了。"

– 青草 –

深夜了。

青草仍坐在院里的木凳上，想着男人和麦苗的事，想着想着，泪水便如泉涌了。男人就不说了，麦苗与自己那么好，怎么能做出那种事呢？

男人终于回来了。

青草擦去满脸的泪水，说："回来了？"

"回来了。"男人说，"女儿睡了？"

青草抬起头，银银月色下，青草看见了男人的满面春光。青草的心像被尖刀扎了。

青草说："她呢？"还说，"麦苗呢？"青草这样说过后，就又泪流满面了。青草还想说什么，嘴张了张，话没出口，像被什么东西堵住了。青草瞪大着眼睛，眼眶里好像要喷出血来。

男人本来还想狡辩，可青草把话都说到这种程度了，男人知道，再狡辩，就没有意义了。只是，让男人不解的，是青草怎么能知道这么快。这样想时，男人就觉得他这个队长当的，真是够呛了。

　　既然都知道了，还有什么好说的呢？男人做出死猪不怕开水烫的样子。男人说："麦苗她回家了。"

　　"那你打算把她怎么办？"青草狠劲擦着脸上的泪水。

　　男人支吾不答。

　　"我们娘俩呢，你打算怎么办？"

　　男人突然给青草跪下了，男人说："我错了。"还说，"以后我加倍对你娘俩好。"

　　青草只顾擦着脸上的泪，没作声。

　　翌日，青草早早就起来了。其实，就是躺在床上，也没有睡意。青草给女儿换洗了新衣，奶饱女儿后，左手抱女儿，右手牵羊，回娘家了。

　　娘见青草回来，可高兴了。娘问："这不年不节的，咋有空回来？"

　　青草说："要出一趟远门呢！"

　　娘说："是吗？"

　　青草说："是呢！"还说，"这头羊，奶水多着呢，女儿饿了，就挤出来喝，可鲜呢！"

　　娘的脸笑出了疙瘩。

　　与娘分手时，青草没敢哭，可走在路上，却哭成泪人儿。

　　赶到家时，太阳已偏西了。

　　青草到菜园里，把菜地浇了一遍水，天天忙，菜地已经干了。浇完菜地，青草回院子里，把屋里屋外都扫了，这才搂出男人的衣服，坐到床上叠。边叠边流泪。有几次，青草怕那泪水落到衣服上，就找来干毛巾擦，可那干毛巾都能揪出水了，青草那眼泪，还在汩汩地流。青草干脆就不擦了，任它流。

叠好男人的衣服，青草走到门口，太阳还挂在西边的天穹上，青草清楚，离天黑，还有段时间。青草生了火，做了男人爱吃的饭菜。怕菜饭凉了，青草在锅肚里塞了一块柴，柴不大，燃着保温度。做完这一切，青草换了新衣服。青草穿着新衣服出门时，泪水就像夏天的暴雨，啪啪砸到地上。

男人回来时，太阳已经落山了。

男人嗅着香喷喷的饭菜，明白青草是原谅他了。

男人一天没吃东西了，端出饭菜，就往嘴里塞。只是，那口饭还没咽下肚，就听水莲哭号着喊："队长，青草上吊了——"

• 飘曳的长发

阳光肆无忌惮地啃着男孩的脸。

男孩揉揉痒痒的脸蛋，说，我们去逛街吧！

女孩扑闪着大眼睛，樱唇轻启，好呀！

走在春风里，穿过校园南墙外的那片油菜花地，男孩和女孩都觉得，彼此好像都犁在香里，吸的是香，呼的也是香，仿佛，空气里浸满了香。

男孩和女孩特高兴，彼此说说笑笑着。

女孩的长发在风中飘曳，煞好看。

男孩说，你这长发，是一道风景。

女孩将了将头发，说，天天收拾它特费事，正想剪短呢！

男孩捉过女孩的长发，捧到唇边，很响地亲着，还说，这么美的长发，剪掉，太可惜了。

女孩拽回长发，往肩后一甩，两粒晶莹的眸子闪着光亮，女孩说，你喜欢呀，喜欢就不剪了呗。

男孩说，那就不剪。

女孩跳到路边，摘一枚野花，放到鼻尖尖上。女孩说，先这样吧，哪一天，你不喜欢我了，再剪。

男孩也跳过来，抢过女孩的野花。女孩要，男孩就跑。女孩追。身后，播撒欢笑声阵阵。男孩边跑边喊，我要送你玫瑰的，你干吗？

男孩还喊，你就送我这野花吧，你看它在风中神气的，蛮可爱呢！

男孩还想喊，可男孩没有。男孩发现快进街口了。男孩停下。女孩赶过来，一双小拳在男孩胸前忙活了好一阵，才休息。

男孩左手捉过女孩的右手，女孩挣几下，没挣脱。

男孩说，前面是红绿灯路口。男孩知道，女孩贪玩，走路总爱蹦蹦跳跳，不捉着她手，不放心。

女孩觉出了男孩的用意，心里暖暖的。

女孩很乖地让男孩捉着手通过红绿灯。

前面是一棵桂花树。

桂花树碧翠欲滴的叶子，挡了阳光。

男孩捉着女孩的手来到桂花树下，男孩掏出纸巾擦去女孩鼻尖尖上沁着的水珠珠，爱怜地看着女孩。

男孩说，就站这儿，我去去就来。

女孩想问男孩去干什么，可男孩已经走了。

桂花树叶酿出了一地清凉。

女孩站在桂花树下，看游龙一般的车队，看穿着花花衣裙的姑娘，看……

男孩跑过来。

男孩手里攥着小红伞，还有一瓶矿泉水。

男孩将小红伞送给女孩，说，撑开，挡挡阳光，看你小脸蛋晒得。言迄，男孩伸出左手捉了女孩的右手离开桂花树。

不远处是一家大型超市。

男孩女孩向超市走去。

男孩用嘴咬开矿泉水的瓶盖，右手送到女孩的嘴边。女孩其实正渴得要命，但女孩没喝。女孩说，不远处就是超市了，干吗要在外面买，外面东西很贵的，你不知道吗？

男孩说，知道了，下次赶到超市买。男孩嘴上这么说，内心里，男孩清楚，等到超市再买，女孩还不知要渴成啥样子。男孩做出知错的样子，右手举着矿泉水，用眼睛告诉女孩说，求求你，喝了吧！女孩懒懒地接过来，小心地喝起来。这会儿，女孩感觉幸福死了。

时间，拐过一条小小胡同的记忆。

秋风登场时节，男孩和女孩考取了各自理想的大学。

男孩喜欢篮球，大学宽松的环境，让男孩如鱼得水。男孩的身影留在球场上。

女孩进了大学，觉得什么都新鲜，整天忙着结交新朋友，溜冰、跳舞、卡拉OK……

西伯利亚寒流裹卷着枯叶猛扑过来的那天晚上，女孩躲在单薄的被褥里想起了男孩。女孩拨了男孩的号，无法接通。女孩又拨了几次，还是无法接通。

女孩心里酸酸的。

翌日，女孩就去了男孩读书的城市。

女孩在学校的门卫那儿得知男孩正在球场参加一个比赛，女孩径直跑过去。远远地，男孩一个漂亮的三分球，全场哗然。女孩正想跑过去，送给男孩一个惊喜的吻，可……女孩看见，有一个个子高高的女孩抢在她前面吻着男孩。那一刻，女孩心如刀割。

女孩慢慢退出去。

女孩折进一家美容店，狠心地剪断了一头飘曳的长发。

女孩将剪断的长发编成辫子，盘起来。

女孩拨通了男孩的电话，女孩说，我在你学校门口呢，你出来吗？

男孩的声音里明显夹杂着惊慌，男孩说，怎么不事前通知我，我好接你呀！

女孩语气淡淡地说，不必了。

男孩站在女孩面前时，女孩就觉得眼泪有些不听话。可能是女孩的坚强感动了眼泪，那眼泪就在眼窝里蓄着，没乱跑。

女孩送上盘着的长发，说，我说过，哪一天，你不喜欢我了，我就剪。说后，女孩捂了脸，转身跑开。

但女孩没跑出多远，就不跑了。

女孩是与一辆急驶的汽车吻了，当时的汽车好像怕女孩，划了一个"S"形，但还是把女孩弹起来老高。

• 女孩的爱

雨声，在店外响着。

我守着空寂的商店，听王雅洁唱《走过咖啡屋》。

女孩掀了珠帘进来，伞礼貌地收在门外。女孩挺漂亮，干净的面容，干净的眼神，干净的打扮，给人一种清清爽爽的感觉。

我冲女孩问了声好，女孩回我莞笑后便在店里挑选起来。

女孩仔细地将中意的小物品拿起来，放到掌心，看片刻后，又很依恋地放回原处。可能，女孩的手头不大宽裕吧。

女孩选中了一件修身韩版连衣裙、一款小碎花防水女包。我愕然，女孩选中的这两件东西，价格都不算便宜。

"要这两件吗？"我语气里夹杂着狐疑。

"可以打折吗？"女孩声音不大，样子羞涩，脸色浅红。

"总是下雨，顾客也少，八折怎么样？"我征询女孩意见。

女孩犹豫下，鲜红的小唇动了动，像是想说什么，没说。女孩把东西递给我。

我习惯地拿过来包装，却被女孩阻止了。女孩说："我先给你一些钱，你把它们放回原处，晚一会儿我再过来拿好吗？"

我迟疑下，还是应允了，但当女孩留下订金时，我傻眼了：女孩留下的订金，还差90元就是全部东西的价钱了。奇怪！

我目光在女孩的脸上扫过后，开始包装，然后等女孩再来时取。

女孩一见，急了，脸蛋飘着绯云，小声央求我："先放回原处好吗？"我迟疑下，答应了。

"谢谢你。"女孩高兴了，走出去，在门边取了伞，跑了。

我关掉音乐，倒了杯茶，嗅着淡淡的茶香，听着店外挺有节奏的嘀嗒声。

时间在嘴唇与茶水的亲吻中忙碌。

感觉只是一瞬，女孩就返回来了，身后还跟了位帅气的男孩子。男孩与女孩一样，干干净净的面容，干干净净的眼神。

我放下茶杯，准备告诉女孩她刚刚相中的东西所在的位置，可女孩好像没有看见，拉着男孩的手说："我喜欢那件连衣裙，特别好看。"说着，已抢在我前，把男孩捉到了那件连衣裙前。

"只要你喜欢，咱就买。"男孩伸手取了连衣裙，贴到女孩胸前比照着，"嗯，好看！就是好看嘛！"

女孩甜甜地笑着，接过连衣裙，拎在手里，目光四下里扫。这会，我看着女孩，不作声了，思忖女孩接下来要做什么。

女孩像是第一次进店，对什么都感到好奇。突然，女孩像是发现了新大陆，眼球粘到那件小碎花防水女包上，女孩说："这包包真漂亮！"还说，"我要这包包。"

"只要你喜欢，咱就买。"男孩的脸蛋掠过一抹红艳。

女孩心花怒放了。

女孩拎着连衣裙和包包向我走来，先丢个眼色给我，"老板，多少钱？"

我恍然，忙说："你可真会挑，这两件，都是今天的特价品。"然后，我报出一个价钱来。

男孩听了报价，脸唰地红到脖颈，男孩说："这么便宜，咱买好些的吧！"男孩觉得让女孩用这个价位的东西，朋友们看出来了，真的很没面子。大不了再卖一次血，男孩想。

"就要嘛！"女孩撒娇。

"好好，咱就要这些。"男孩一边哄着，一边由裤兜里掏出钱来，大概二三百块吧，看来，男孩是有所准备。

我接过男孩递过来的90元钱，把东西包装好，送到女孩手里，移目盯着男孩，我对男孩说："你朋友真爱你呀！"

男孩冲我幸福地笑笑，转身拥过女孩，走出店去。

雨声，仍在店外响着。

● 等

摁下电话，布朵的眼泪就出来了。

不哭，布朵。布朵在心里命令自己，可那眼泪，还是固执地往外跑着。布朵狠劲地擦着，一条干毛巾都拧出水了。那眼泪，还是固执地往外跑着。布朵干脆不理它了。

布朵开始擦洗地板。

布朵知道他爱干净，没事的时候，就趴地板上擦洗。本来已窗明几净的房间，布朵还在擦洗。房间宽大，每每擦洗一遍，需要两三个小时，即使腰酸背疼，布朵也心甘情愿。

布朵正在擦洗，电话响了。

他又打电话过来了？布朵从地板上跳起来，抓起话筒，可话筒里传来的却是闺蜜艳子的声音，艳子说，下午玩牌哇。布朵磨叽着半天才表达出了不玩牌的意思。艳子说，整天闷在房间里，有什么意思哇？布朵没有辩解，后来艳子还说了什么，好像艳子还在继续，她就挂了电话。

再趴地板上擦洗时，眼泪没有了。那脸上，竟漫出了淡淡的红晕。尤其那心里，像揣只小兔儿，突突地跳。

有十年了吧！布朵脑海里晃出那个春暖花开的季节，那个季节里，她们的爱情像雨后的春笋般疯长起来……

这样想时，布朵心里就甜蜜起来，还轻轻地哼起了邓丽君的《甜蜜蜜》：

甜蜜蜜你笑得甜蜜蜜

好像花儿开在春风里

开在春风里

在哪里在哪里见过你

你的笑容这样熟悉

……

过午了，从接了他的电话到现在，一直忙乎着，肚子好像不乐意了。布朵从地板上爬起来，看着刚刚擦洗过的地板，心里乐陶陶的。再坚持会吧，布朵按按肚皮，说，等他回来，让你饱个够！这样说过后，布朵也觉得很好笑，就笑了。

电话铃声又响了。

布朵抬起话筒，还是闺蜜艳子打来的。

艳子说，打牌不够手，我去你那吧？

不行啊，布朵撒谎说，我正准备出门呢！

去哪哇？艳子诡异地说，是耐不住寂寞了吧！

布朵装着生气的样子，挂了电话。

布朵开始整理房间，尤其是书房，布朵还记得他离开时的样子，就按照那个样子，整理吧。布朵把书架上的书取下来，用鸡毛掸子掸去上面的灰尘，再放回原处。书桌上，布朵前些日子买了一台笔记本放在上面，现在想想，又把那笔记本挪开了，放上原来摊开着的拟稿纸，只是那拟稿纸，让岁月浸染的，有些泛黄了。布朵跑出去，在办公用品店，买了几沓拟稿纸。可把那几沓拟稿纸换上去后，感觉里，像是又少了些什么。到底是少了些什么呢？布朵也不清楚。后来，布朵就把那泛黄的拟稿纸又放上去了。

太阳偏西了。

布朵坐到梳妆镜前，描眉，画眼线，施粉，涂唇，但在头发上，却犯难了。当年，他离开那会，她是一头黑黑的披肩发，现在，头发被染红了。这可怎么办？布朵犹豫会，还是跑去了美容店。那美容小姐瞪着不解的目光看着布朵，说，现在流行红发啊，何况你这发质，再染黑，会影响……

叫你染，你就染。布朵打断那美容小姐的话。

布朵赶回家时，天已黑了。

布朵坐在窗前，双手托腮，目视着窗外。窗外有一弯钩月在天空慢慢走着，有隐约可见的树影在不远处晃着。布朵目聚着不远处隐约可见的树影，树影下走出一个人来，那身形，那走姿，分明是他无疑，布朵忽地站起来……

可那个人又不见了。

布朵想喊，只是还没有开喊，电话又响了，是他的声音，他说，连队临时有任务，我是连长，走不开了，老婆，明年过年，一定回去。

放下电话，布朵就那么愣愣地坐着。

• 我想更懂你

初夏的傍晚，晚阳的碎渣渣撒在护城河里。

女孩穿着白白的连衣裙，沿着河岸走来。

女孩走得很慢，似乎每抬起或落下一步，都小心翼翼。

男孩尾随在女孩的身后，隔着几棵垂柳的距离。

女孩停下，秀目平视泛着涟漪的河面。女孩说，没必要跟着，我们不会有结果的。女孩语言平淡，语气轻轻，像是自言自语。

但男孩还是听到了。

男孩急赶几步，堵到女孩面前，嘴张了张，脸涨得通红，到底没有蹦出话来。

女孩在心里笑，还说，小傻样儿！

女孩的脸色疏朗许多。

男孩到底还是鼓足了勇气，忽地捉过女孩的双手，按到胸前。男孩说，你听，它在唤你呢。

唤我？女孩不信，想抽回双手。男孩紧紧地捉着。

凉凉的晚风凑着热闹，晚阳的碎渣渣随水漂去。

男孩说，就是唤你呢。

女孩说，唤我什么？

男孩说，让你做我老婆呢！

女孩不知哪儿来的力气，抽回手，转身走开。

男孩孤零零地站在那儿，目视着女孩白白的连衣裙裹进暮霭里，慢慢地消失。男孩不明白，女孩怎么就不能接受自己呢，是自己与她不般配吗？男孩脑子里糊成一锅粥。

月儿爬上天穹。

月光从垂柳的叶隙间泻下来，像极了晶莹剔透的小珠珠，躺在河岸上，散着银色的光。

男孩站在月光下。

女孩回了小屋，坐在窗前，看着天空的月亮，想心思。内心里，女孩觉得男孩高高大大的，干练利落，在公司里口碑也好，尤其是近段日子，女孩总是喜欢傍晚的时候去护城河边走走，说不清为什么，但有一点可以肯定，在那儿，可以见到男孩。尽管女孩表面上是很不愿意的样子。

女孩好矛盾。

月光从窗格里溜进来，在女孩面前的桌面上画出一个个的小方格。女孩觉得，她就是那方格，在夜色里放着光亮。

女孩这样想着，就高兴许多。

女孩睡了，睡得很香。

早晨起来，女孩开门，见男孩守在门前。男孩的倦容告诉女孩，是一夜没睡。女孩感动了，忙让男孩进屋，还准备给男孩做吃的。

女孩平时不是叫外卖就是吃方便面，自己并不怎么做饭。

女孩切姜片时划破了右拇指，豆大的血珠直往外冒。男孩见了，捧过女孩的手放进嘴里，吮了又吮后，掏出自备的创可贴，包扎好。

那一刻，女孩感动得泪流满面。

男孩轻轻拍拍女孩的头，小傻瓜，眼泪多着呀！

女孩狠劲地抹掉泪水，转身去给男孩做饭。

男孩没让。

阳光在窗外探着头，小屋也明媚起来。

男孩捉过女孩的左手，男孩说，我们出去吃吧！

女孩猛地抽回手。你自己去吧，女孩说，我不会去的。女孩语气硬硬地，像是变了一个人。其实，女孩心里苦极了。女孩打心眼里爱着男孩，想答应他，与他出双入对，风花雪月。可女孩不能。在女孩心里，爱他，就得替他考虑，为了他的幸福，自己应该忍受痛苦。

男孩停会儿，走了。

男孩是去买早点。

阳光清爽地铺在水泥路面上，街市涌动着上班的人流。男孩买了早点，经过花店时，还买了束红玫瑰。

男孩拎着早点捧着红玫瑰，走在清清爽爽的阳光里，心里高兴了。男孩哼起潘玮柏的《我想更懂你》：

其实我想更懂你

不是为了抓紧你

我只是怕你会忘记

有人永远爱着你

……

　　男孩正哼着，一辆急驶的汽车响着喇叭跑过来，男孩被弹起，飞出去几米远，重重地摔到地上。

　　其实男孩稍微侧点身，汽车就过去了。

　　可男孩没有。

　　女孩赶到医院时，男孩还能说话。男孩瞪着狐疑地眼睛吐着字。男孩说，你明明……爱我的……怎么……不……答应给我……做老婆？

　　女孩泪如断珠般落下。

　　女孩摸出张病历卡，慢慢举到男孩面前。男孩看见，那上面清清楚楚地写着：癌症晚期。

　　男孩眼角滑出一串清泪，手臂动了动，像是想牵女孩，却突然停下了……

花生花呀，蝴蝶飞

女人蹲那儿，目光盯着晚霞下的花生花，脸上蓄着幸福的笑。

女人很美，美得连那守护明眸的眼睫都婉约精致得像一首小令。有风响来，蝴蝶们欢快了，骄傲地亮着双翅，忽上忽下，忽左忽右。

女人的秀发在风中飘舞。

男人走过来，蹲在女人对面，望着女人说话。

部队让明天赶回去呢！男人像是下了很大的决心。

女人没有作声，但眼窝里，却盈了泪花。

长江流域连降暴雨，长江水位……

男人停下来。男人觉得再说也是多余。三年没有回家，这次回来还不到两天。男人觉得欠女人太多。

什么时候走。女人揉揉眼窝。

夜里两点的车。男人声音很低。

哦。

女人掏出纸巾，将纸巾在眼角按了下，起身扑到男人怀里。

女人唱：

花生花呀，蝴蝶飞

哥是蝶呀，妹是花

花有蝶绕花自俏

妹有哥伴妹才靓

……

女人唱着唱着，哽咽起来。女人不唱了。

男人的泪珠也吧嗒吧嗒地响。男人紧紧拥着女人，男人说，明年的这一天，我一定回来。

女人仰着泪脸。女人说，等你。

女人蹲那儿，目光盯着晚霞下的花生花，脸上蓄着幸福的笑。

女人很美，美得连那守护明眸的眼睫都婉约精致得像一首小令。有风响来，蝴蝶们欢快了，骄傲地亮着双翅，忽上忽下，忽左忽右。

女人的秀发在风中飘舞。

有人走过来，蹲在女人对面，低着头。

女人说，他不回来了？

那人说，本来我们是一块回来的，可他临时有紧急任务。

他怎么可以说话不算数呢？女人眼角滚着晶莹的泪。

女人不作声了。

那人也不作声。

时间，在这种静谧的氛围中悄悄滑行。好久了，女人才抬起粉嫩的手在眼角处抹了下，而后小声地哼起来：

花生花呀，蝴蝶飞
哥是蝶呀，妹是花
花有蝶绕花自俏
妹有哥伴妹才靓
……

那人好像让女人的情绪感染了，眼角处也夹着泪花。那人说，连长说了，明年的这一天，他一定回来。

女人仰着泪脸。女人说，等他。

女人蹲那儿，目光盯着晚霞下的花生花，脸上蓄着幸福的笑。

女人很美，美得连那守护明眸的眼睫都婉约精致得像一首小令。有风响来，蝴蝶们欢快了，骄傲地亮着双翅，忽上忽下，忽左忽右。

女人的秀发在风中飘舞。

首长模样的人挪过来，蹲在女人的对面，看着女人。

周磊同志在执行任务时……

首长模样的人觉得太残酷了，没有说下去。

他是回不来了吗？女人分明感觉到了不测，眼角的泪水汩汩地涌出来。女人狠劲抹了一把泪，女人说，俺等他，明年的这一天，他会回来看俺的。

首长模样的人眼窝里也漾着泪花。

首长模样的人说，是的，明年的这一天，周磊同志会回来看你的。

首长模样的人站起身，像是怕惊着了这一片安宁，轻轻地挪开去。只是身后，还是有声音追过来：

　　花生花呀，蝴蝶飞
　　哥是蝶呀，妹是花
　　花有蝶绕花自俏
　　妹有哥伴妹才靓
　　……

首长模样的人泪流如注。

• 晚阳夕照

　　假单退休后，闲着没事，就把绘画捡起来了。

　　假单原在公司里上班，休息天，假单待在家里，觉得无聊，便学起绘画来。时间长了，假单的画，还真是有模有样啦。只是，后来公司订单多了，休息天需要加班，假单忙，把绘画的事搁下了。没想到，现在捡起来，还是很轻松。

　　假单投入在绘画的亢奋中。

　　假单最擅长画太阳了。一大早，假单就爬起来，跑上楼顶，等待太阳露脸。望着东边的天际，假单看着太阳冉冉升起，等到太阳完全出来了，红扑扑的脸蛋泻下满世界的金黄，假单开始作画了。

　　或写意或勾勒，骨法用笔，线条运行，假单都力求做到形神兼备气韵生动。

　　假单把画好的太阳拿给老婆欣怡，欣怡一见那画，扑哧就笑开了。还说，你这画的是太阳吗？假单说，不是太阳能是什么？欣怡止了笑，看着假单，很认真地说，你这画不像太阳，像电风扇。假单的眼球在那画上滴溜溜滚了一圈后，自己也觉得好笑了。怎么会这样呢？假单心里犯开了嘀咕。

假单再作画时，就特别注意了。但假单画好的太阳，还是像电风扇。假单问欣怡，怎么会这样呢？欣怡开玩笑，说，你与电风扇打了一辈子交道，那感情，深着呢！假单听了，明白了：自己作画时，脑子里不就是晃着电风扇吗？想想也是，与它打了一辈子交道，说离开就离开了，能割舍掉吗？

可，不割舍掉又能怎样呢？假单眼角滑出清泪来。

假单还是画太阳。

这天，眼看太阳要坠下西山了，假单还没有从楼顶下来。欣怡跑上楼顶，见假单坐在那儿，身边撒满撕碎的画纸。欣怡走过去，看着假单，你这是怎么了？假单目视着西山的落日，半天了，才把手里的画捧给欣怡，还说，欣怡，看看这幅怎么样？欣怡目光扫过去，想笑，但没有。欣怡说，还是像电风扇呀。假单失望了。怎么会这样呢？假单在心里画着一个又一个问号。

要不要画太阳了呢？假单犹豫，想不画了，可这是自己最擅长的呀，怎么可以轻易放手呢！

假单决定继续画下去。

市里举办绘画作品大奖赛，假单听说了，跃跃欲试着。

假单画了一幅"晚阳夕照"的画，画面的背景是大山里的一个小村庄，太阳的红光铺在小村庄的屋上、地上，羊群挤在村口，池塘里的白鹅伸长着脖颈，茅草屋顶上荡着袅袅的青烟。

欣怡看了，说什么都好，就是太阳还是像电风扇。

欣怡敲着假单的后脑勺，说，你真是无可救药了。

假单要修改，欣怡阻止了。欣怡说，寄去吧，碰碰运气。

真真没有想到，假单的这幅画，居然还得了一等奖。

评委的结论是这样的：

> 静静的小山村的傍晚，一切都是那样的祥和、柔美，太阳像电风扇一样，转动着，红红的霞光被吹动了，像美丽的仙女，纷纷飘向小山村，令人遐想。

后来记者采访假单，问假单怎么会有这样的创意。假单的回答，令记者咋舌。假单说，什么创意呀，就是在公司里，与电风扇打了一辈子交道，那鬼家伙，脑子里剔不掉了呗！

● 船

小屋是红墙瓦顶的那种。

小屋的身后，叠着一层又一层的山峦；小屋的前面，躺着一条小河。河水清灵灵的，有鱼儿在其间撒欢。河边的柳叶，让春风一撩，响着开心的笑声。

女孩就蹲在一棵柳下。

女孩不大，八九岁的样子。

女孩在画画。

阳光透过柳叶的间隙跑到女孩的画纸上，鲜明的反光晃着女孩的眼，女孩揉揉眼，继续画。

女孩在画一条船。

女孩把船头画好了，在画船身时，女孩似乎没了主张。女孩画了几根树干，把它们排在河面上，但女孩立马又把它们擦去了。女孩画了几棵毛竹，把它们也排在河面上，但还是让女孩擦去了。

女孩好矛盾。

这时候有个小男孩跑过来，看着女孩画的船，问女孩，怎么没船身呢？

女孩挠挠后脑勺，说，我记不清船身是用树干还是用毛竹了呀。

小男孩哈哈笑起来，还说，树干呗。

女孩说，你确定？

小男孩点点头，还说，我确定。

女孩就开始画起来。

女孩先画了几根树干，再把它们排起来，正准备画桨时，从小屋里走出一个男人来，那男人来到小河边，一把扯过女孩手中的画纸，撕了。

男人拽着女孩往小屋走着时，还在不停地凶女孩，画什么画，嗯！

女孩不作声，只是哭。

女孩不知道爸爸怎么会不让她画画，难道画画还有错吗？女孩想不明白。

女孩还是想着画画。

这天下雨，男人举着伞临出门时告诉女孩说，爸爸出去搓几把，你在家好好做作业。女孩脆脆地应，好嘞。

但男人前脚刚走，女孩就撑着伞来到小河边那棵柳树下。雨打在柳叶上，再从柳叶上滚下来，摔到女孩的伞上。女孩的裤子全湿了。

女孩画得很专注。

女孩画好了船头。女孩开始画船身了。女孩在画船身时，觉得男孩的话有些靠不住，妈妈离开时他又不在场，女孩想。女孩有些犹豫。女孩嘴噙着画笔，注视着小河。雨点敲打着河面，荡起无数无数的小圈圈。风，微微的，仿佛怕惊着了专注作画的女孩。

女孩像是做出了决定。

女孩画了几根树干，把它们排在河面上，接下来开始画桨了。可就在这样的时候，身后响起了男人的声音：

欠揍呀你？

女孩猛然一惊，手中的画纸撒了出去。女孩慌忙去抓，可那画纸被女孩抓回来时，还是面目全非了。女孩哇地一声大哭起来。

男人捉过女孩，凶：哭什么哭？

男人把女孩捉进屋子时，还狠狠地甩了女孩一巴掌。

女孩躲在屋子里，听着屋子外面的落雨声，泪珠吧嗒吧嗒地砸到地上。

后来女孩还是去了小河边。

那是个月光皎洁的晚上，女孩躺在床上，看着窗外亮堂堂的世界，女孩偷偷爬了起来，溜出小屋。

女孩蹲在那棵柳树下。

月色铺在河面上，南风轻轻地一吹，河面漾起无数的银片片。

女孩展开画纸。

女孩画好了船头。

女孩在画船身时，像是记起了什么，女孩好高兴。

女孩没有画树干。

女孩画了毛竹，还把毛竹排在河面上。接着画桨，接着画……女孩画着画着，就看见妈妈坐在船上划着桨奔着她过来了。

女孩大喊声"妈妈——"接着就向妈妈奔过去。

小河喧闹会儿，复又静下来。

月色仍铺在河面上，小南风轻轻地一吹，河面漾起无数的银片片。

我们视频吧

有梦在网上与水心聊得很投缘。

一天，有梦问水心，说他爱上办公室里一个叫自慧的女孩，可那女孩对他好像没意思，问水心有没有招数。水心说有啊，接着就是偷笑。有梦急了，说水心你别见死不救呀。水心像是生气了，说有你这么做的吗？有梦莫名其妙起来。有梦说，怎么了？好久之后水心才吱声，水心说你跟女孩子聊天说爱另一个女孩子，居心叵测呀你。有梦连声说掌嘴，接着就转移话题了。

水心却没有转移话题的意思。

水心说，有梦，你爱她什么。有梦不想回答。可水心不依不饶。有梦只好说，自慧她才华横溢，人也漂亮，尤其她那只微微颤动的鼻翼，宛如鲜嫩的玫瑰上吮吸着花露的小小蝶儿的翅膀，看了就想触摸。水心听后，像是受了感动。水心说，你这样做吧！

按照水心的交代，有梦天黑时赶到郊外的安山脚下，在那儿寻了处避风的地方，等到天色泛白后，才开始往山顶上攀。阳光站在茶叶尖尖的露珠里，放着晶莹的光。有梦采着那些蘸着露珠的叶尖尖，脑海里放映着自慧的笑脸。

水心问有梦效果怎么样。

有梦说请过几次自慧，可她总是有拒绝的理由，没办法，只好在她茶杯里放了那种茶叶，看她喝过后，还是没有什么变化。有梦这样说着时，情绪就低落了。

水心感觉到了有梦的情绪变化，劝有梦，并告诉有梦说，你这样做试试呢！

有梦听后，感激涕零。

有梦按照水心的要求，再次赶到郊外的安山脚下，与上次不同的是，有梦在安山脚下，找了块巨石，跪在上面，先默念着自慧的名字，而后披着晨曦的微露，一片又一片地采摘着……

回到办公室，有梦把采得的茶叶捧给自慧，自慧不要。那时候，有梦的泪水都出来了。有梦说了采茶的过程，动情处，话都说不出来了。自慧像是受了感动，收下了那包饱蘸着有梦心血的茶叶。看着自慧悠然地泡上一杯，慢慢地品着，有梦觉得机会来了。有梦约了自慧。

两人坐在酒吧里，听着王阁蓝的"如果伤害我／对你是解脱／我会假装洒脱"。喝着红酒，在那样的氛围下，有梦觉得时机成熟了，有梦告诉自慧说，自慧，我爱你。自慧好像是被王阁蓝的歌声陶醉了，没有理会。有梦尴尬极了。

有梦在网上向水心叙述了苦楚，连续给水心发送几个流泪的图片，水心仿佛被传染了，发送过来一张难受的图片后，问有梦，你真的很爱自慧吗？有梦说，从骨髓深处。水心半晌未语。但后来水心还是说话了，水心说，你这样做吧！还说，做到了，保证你说的那个叫自慧的女孩能接受你。

有梦高兴得不得了。

可一想起需要一斤重菱湖荷花花蕊的干粉，有梦心里就有些怵。菱湖，在安山脚下，远近有名的鬼怪湖，虽然有梦是无神论者，不相信什么鬼啊怪啊，可关于菱湖的神秘传说，有梦耳朵里着实灌了不少。

但有梦还是下了菱湖。

一斤重的干粉需要采多少鲜花蕊，有梦不敢想。有梦清楚，采摘是硬道理。有梦泡在菱湖里，一天，又一天。

后来有梦将从安山顶上采来的茶叶倒进那些晒干的粉里，搅动后，再把茶叶选出来。再泡那茶叶，还真是漫着一种醉人的香。按照水心的嘱咐，有梦将那茶叶往自己身上撒了些，再偷偷往自慧的茶杯里放了些，看着自慧喝着茶，有梦便有一种心动的感觉。有梦清楚，见证奇迹的时刻就要到了。水心说过，这种茶散发出来的香气，能让人无条件地爱上另一个拥有这种香味的人。可是，一连几天过去了，自慧还是没有异常的举动。甚至，有梦约她，也被她婉拒了。

有梦要崩溃了。

有梦告诉水心说，水心，你那些招数怎么没有灵验的呢？

水心说，傻瓜，那些都是考验你的哇。还说，那女孩已经同意啦。

有梦说，耍我呀。

水心说，你开视频。

有梦打开视频，看见水心笑脸上一汪秋水正往这儿泼着呢，便什么都明白了。有梦说，自慧，你真坏呀。说后，就关了电脑，向自慧家跑去。

● 红焖鲫鱼

父亲又起床了。

父亲走到儿子的房间，儿子睡觉总是爱蹬被子，父亲把儿子的被子掖好了，看看天，天刚刚泛白。

父亲在儿子的床边站了会，见儿子没有再蹬被子了，这才轻轻地挪出来。父亲进了厨房。昨天在电视里，父亲学会了做红焖鲫鱼。父亲要把这道菜做给儿子吃。父亲鼓捣了两三个小时，还真是做出来了。

父亲来到儿子的房间，见儿子还在呼呼地睡，父亲推醒了儿子。

儿子揉着惺忪的睡眼，嘟囔，干吗呢？

父亲说，爸做了你爱吃的红焖鲫鱼，快起来啊！

儿子从床上弹起来，脸也顾不上洗，直奔厨房。儿子夹起来一块塞进嘴里，随即又吐了出来，还说，好难吃啊。

父亲搓着手，好半天才说，晚上放学回来，爸重新做。

儿子没睬父亲，抹了把脸，背起书包，跑了。

父亲跟出去，冲着儿子的背影，喊，过马路要看红绿灯，不要乱跑……

父亲回屋后，端起那碟红焖鲫鱼，慢慢品起来。不错，真的很不错哦！父亲心里说，儿子怎么就不喜欢呢！

父亲百思不得其解。

后来，父亲像想起什么，端着那碟红焖鲫鱼，走进"上岛酒家"。每次来这家酒店，儿子都要吃红焖鲫鱼。父亲想，既然儿子爱吃他们做的红焖鲫鱼，那他们肯定有独到的做法。

父亲说明了来意，掌勺的师父心好，不仅细心地教，还让父亲亲自操作做了一碟红焖鲫鱼。这下，父亲有底气了。

父亲回到家里，从鱼缸里舀了一条鲫鱼，去鳞、破肚、净洗，油炸八成熟后，取出；再把咸菜丝放到锅底，上面撒上葱、姜、蒜，放上鱼，鱼身上加花椒、大料、酱油、白糖、料酒、米醋，加水，大火烧开后改小火焖。

做完这些后，父亲出了门。

父亲站在门前的榆树下，看着光秃秃的枝丫上站着的几只麻雀，父亲的心飞到了儿子的身边。天寒地冻的，儿子，冷吗？父亲想。

儿子出现了，脸蛋被冻得白卡卡的。

父亲心疼地迎上去。儿子，父亲说，快，尝尝爸做的红焖鲫鱼，好吃着呢！父亲这样说着时，拽过儿子的小手进了屋。

父亲端出红焖鲫鱼，儿子尝了口，皱着眉，再也不肯吃了。

父亲说，不好吃？

儿子没作声。

父亲说，是不好吃吗？

儿子重重地点点头。

父亲搓着手，好半天才说，爸重新做。

儿子说，爸你别做了，路上我吃了50串羊肉串。儿子拍拍肚子。50串啊？父亲慌忙倒了杯开水，儿子，喝点水。

儿子接过开水后，打开了电视。

父亲说，没有作业？

儿子说，没。

那也不能看长了，父亲边说边端起那碟红焖鲫鱼进了厨房。尝了口，还真不是那么入味。父亲认真回想着"上岛酒家"那个师傅教的做法，像放电影一样，重播三遍后，父亲突然想起来了，原来是焖的时间不够。像哥伦布发现新大陆，父亲高兴起来。

父亲决定重新做一份红焖鲫鱼。

父亲来到鱼缸边，想舀一条鲫鱼，这才发现，鱼缸里没有鲫鱼了。父亲没有犹豫。父亲要去护城河里捞一条鲫鱼。

父亲出门时，见儿子还在看电视。父亲说，爸出去趟。儿子嗯了一声，眼睛没有离开电视。

月亮孤寂地悬在天穹，剜骨的冷风嚣张地咆哮着。

父亲站在护城河的冰面上，敲出一个冰窟窿，将渔网塞下去，这会儿，就听咔嚓声响，父亲脚下的冰块断裂了，父亲还没有反应过来，就觉得铺天盖地的大水向他砸来……

● 戒指

　　一条弯弯的小河边，男孩和女孩在放纸船。99 只纸船里站着 99 支细烛，列队漂浮在静静的河面上，经微微的风轻轻一推，默无声息地走动起来。

　　纸船走出了弯弯的造型。

　　女孩拍着粉嫩的小手，蹦跳着，还嚷：好美咧！

　　男孩坐在河岸的草地上，欣赏着女孩。

　　女孩还在蹦跳着，还在嚷：好美咧！

　　男孩像是被女孩的情绪感染了，站起来，捉了女孩的粉手，也蹦跳着，也嚷：好美咧！

　　欢笑声搅碎了夜的宁静。蛙声响起来，杨柳的细叶扭动起来。

　　男孩知道，女孩的胃不好，时间长了，怕受不了。男孩说，坐一会吧！女孩点点头。男孩捉着女孩的粉手坐到河岸的草地上。

　　圆圆的月亮在太空散着步。

女孩脸蛋上绽放着幸福，女孩说，怎么想起耍这招？

男孩不语，只是望着女孩，那表情，恨不得把女孩含嘴里，化了。

女孩被男孩看得不好意思，举着粉拳要打男孩。男孩把女孩拥进怀里，男孩说，我要你凶。男孩还说，早晨买巧克力蛋糕，见那蛋糕身上长着的细烛，灵感就来了。女孩的美唇在男孩的右脸颊上吧唧响了一下，女孩说，谁让你跑那么远买蛋糕了，上班那么远，要起多早呀！男孩说，只要你喜欢，远点怕什么！

女孩感动了，杏眼里盈着秋水。

女孩说，明儿起，我不吃那种蛋糕了。

男孩说，好好的，怎么又不吃了呢？

女孩没回答，杏眼盯着河面。河面上一列弯弯的火点越移越远，像是勾起了女孩的什么心思。女孩想，自己会不会也像这列弯弯的小火点呢，虽然燃烧出光亮，可又能延续多久呢！这样一想，女孩杏眼里那汪秋水就变着泪水了。

男孩读出了女孩的心思，本想劝说几句。可男孩没劝。男孩知道，劝也没用的。男孩在心里说，不就是胃疼吗，有什么好伤心的呢！

后来送女孩回家了，男孩也回了自己的小屋。躺在床上，看着窗外圆圆的月亮，男孩没有睡意。

男孩脑子里搁着女孩呢！

女孩胃疼的病用了不少的药，就是不见什么起色。女孩整天忧心忡忡的。男孩心里也很不好受。

男孩辗转反侧着，后来便入睡了。

奶奶拄着拐杖挪过来，奶奶说，后山那乌药，采来，除去细根，洗净，趁鲜切片，可治胃疼呢！

说后，奶奶颤巍巍地挪出去，溶进了外面的银银月色里。

男孩喊，奶奶——

奶奶没应。但男孩却醒了。

男孩摁亮灯，找了书翻着。男孩还真查到乌药呢，传说它是当年徐福为秦始皇找到的长生不老药呢！

男孩好高兴。

后山离这儿五十多公里，男孩盘算好了，现在就行动，天亮前赶到。

男孩骑着单车犁进了银银月色里。

太阳红鲜鲜的脸蛋爬上天穹的时候，男孩已经往回走了。

男孩站在女孩身边时，女孩还在睡懒觉。见男孩把巧克力蛋糕还有几株青绿色的小树苗放到几案上时，女孩戳着那树苗苗，女孩说，是什么呀？

男孩说，是乌药。

还说，它行气止痛，温肾散寒，可治胃疼呢！

女孩听了，望着男孩，说，甩那个钱干啥呀！女孩笑笑，自语，有那个钱，买枚戒指也好呀！女孩声音很低。

但男孩还是听到了。

男孩说，这是我去后山采的呢，没花钱。

女孩听了，鼻子就酸了。女孩说，后山那么远，你……

男孩打断女孩的话，男孩说，我的大懒王，还不饿呀，快起床先把蛋糕吃了吧，我上班走了。

女孩点点头。

望着男孩离去的背影，女孩眼窝里漾着泪水。女孩清楚，男孩上班的公司不景气，还要为她治病，为她跑那么远买巧克力蛋糕。

女孩嘤嘤哭起来。

女孩哭了一会，不哭了。

女孩吃了男孩买的巧克力蛋糕，而后将乌药除去细根，洗净，文火煎熬。女孩喝了药后，觉得待在小屋里好无聊。女孩就去了小河边。

小河弯弯。清凌凌的河水里，有鱼儿嬉戏；阳光撒在河面，微风一吹，金色荡漾；这时候最欢快的，要数岸边的垂柳了，拍着掌儿，欢呼雀跃。

女孩就坐在河边的草地上，尽情地享受着大自然的馈赠。

后来没事了，女孩就来这小河边。有几次，女孩还叠了许多纸船，在小河里放。看着纸船走出了弯弯的造型，女孩想起和男孩放纸船的那个晚上。男孩这几天怎么了，好像特别忙，要不是每天早晨送巧克力蛋糕过来，还真见不到他呢！

女孩觉得男孩有事情。是自己拖累男孩，男孩烦了吗？女孩心想。

女孩好想要男孩晚上还出来陪她放纸船，女孩说了几次，男孩都推了。有一次，女孩还哭了。可男孩还是推了。

女孩隐隐地觉出不安来。

有几次，女孩想去男孩的小屋看看，看看男孩晚上在干什么。可女孩没去。

疏远就疏远呗，女孩想，这样也好，这样男孩就不会那么累了。只是真要疏远了，彼此陌路了，女孩又不愿意了。

女孩心里有男孩呀！

这天早晨，男孩把巧克力蛋糕放到女孩手里时，男孩说，宝贝，明天我要送你一个惊喜呢！

女孩浅浅地笑笑，没作声。

也就是这天夜里，大约两点钟的时候，女孩的手机响了。

女孩挂了手机，就哭喊着奔城郊的小煤窑跑去。

在那儿，女孩见到男孩。男孩的脸上蒙着白被单。女孩扑过去，揭开白被单。女孩看见男孩静静地躺在那儿，右手心里，攥着一枚戒指。据说有几人曾试图掰开那手，取戒指，可就是掰不开。

女孩伸手就取出来了。

女孩明白，男孩为了这枚戒指，在这小煤窑里，也不知挖了多少个晚上。

女孩轻轻地将戒指带到中指上，而后捧过男孩的脸，轻轻地，轻轻地吻着……

• 紫色荷花裙

　　武达怪。四十挂零了，还单身，令人费解。按讲，武达在大学教书，已是教授了，带着研究生，人又有模有样，怎么会没女人喜欢呢？

　　其实，人民医院那个江铭，就很喜欢武达。江铭三十多岁，高挑个子，按现在的审美观，是该凸的都凸了，该凹的都凹了。两人处了，花前月下，茶楼歌吧，留下不少身影。但最后，还是分手了。

　　人们觉得奇怪：这两人，如此般配，怎么竟分手了呢？

　　问武达，武达只是笑笑，很神秘的样子。

　　问江铭，江铭的脸上明显写着困惑。江铭说，那个人，怪，都什么季节了，还让我穿荷花裙，颜色还一定是紫色的，我不干，他就要与我分手。我一气之下，说，分就分。我们就分手了。

　　听后，人们咂咂嘴，觉得这两人的爱情，真的太脆了。

　　后来，经人介绍，武达与公安局的高闽认识了。

高闽的婚姻失败过，很珍惜与武达的相处。高闽知道武达的喜好，只要不是上班，就穿着紫色荷花裙。武达呢，对高闽的感情，也越来越深。这天，两人在酒吧喝了红酒后，旋进舞池。音乐在响：

让我的爱伴着你直到永远

你有没有感觉到我为你担心

在相对的视线里才发现什么是缘

你是否也在等待一个知心爱人……

高闽有些忘情了，柔滑的玉臂环住武达的脖子，口吐兰香。高闽说，亲爱的，去你那儿吧？武达说，好啊！说后揽着高闽的腰，走出舞厅。说来真是没人相信，武达的房子，还真是没人进去过，当然，也包括江铭高闽她们。

月色如银。

两人走在银色下。

眼看就要到了，武达突然停下来。武达说，房子太乱，还是去宾馆开房吧？高闽听了，不高兴起来。高闽说，我又不是外人，乱怕什么？两人争执起来。高闽哭了。后来跑回家里，趴在床上，还在哭。翌日，高闽不再穿紫色荷花裙了，当然，也不去见武达。

期间，武达打过几次电话。高闽没接。

之后，两人便不联系了。

人们不解，都说高闽对武达的感情那么专注，处处宠着顺着他，怎么会不接他的电话？

武达带的研究生中，有一个叫尚米的女孩，好奇心特强，想弄弄明白，暗地里约了高闽。听了高闽的讲述，尚米觉得老师的房子神秘，决心弄清楚情况。

这晚，尚米尾随武达。武达进屋后，反锁了门。不一会儿，里面就传出来亲昵声。尽管声音很小，但尚米还是听到一些：

亲爱的，我这不才离开一天吗，怎么眼皮都哭肿了！

好了好了，不哭……

我抱抱我抱抱……

尚米听得脸热心跳，暗忖：怪不得呢，老师原来金屋藏娇哇！尚米这样想时，便决定看看这个女人的芳容。尚米寻到窗下，窗帘拉着，看不到里面。尚米只好去玻璃店买了玻璃刀，轻轻划开一片玻璃，再划开窗帘，眼前的景象，让尚米惊愕：

满屋子的衣架，挂满紫色荷花裙。

武达怀抱着穿紫色荷花裙的女人，正在亲昵。

那穿着紫色荷花裙的女人，只是一个塑料模型。

原来，读大学那会，武达谈过一场恋爱，彼此深爱。毕业后，女孩去山村支教，一次护送学生过河时，被山洪卷走。那女孩，喜欢穿紫色荷花裙。

• 男孩的爱

女孩今儿特高兴。

女孩一高兴，走路就不再是走了，而是跳。

女孩在路上跳着，就有微微的风在摇她的发，甜甜的鸟鸣在敲她的耳。女孩感觉美死人了。

阳光明媚得令人心醉。

女孩开始跑起来。

女孩是想要男孩早早分享到她的幸福呢。

女孩颠颠地跑着，还举出手机拨男孩的号。女孩想提前哪怕是一秒时间，也要让男孩知道她被公司录用为客服部经理的事。可男孩的手机关着。"死木头，"女孩唤着男孩的乳名，"死木头死木头……"

时间就像上睫毛与下睫毛偷情那般快，瞬间，女孩就跑到了男孩租住的小屋。小屋的门虚掩着，女孩忽地一下就推开了。女孩喊："木……"

女孩张开的嘴巴定格了。

女孩看见男孩正搂着一个金发女孩睡在一起。

女孩哇的一声大哭起来，接着双手捂脸跑了出去。

有一抹乌云遮了太阳的脸，路也灰暗了。

女孩疯狂地跑着，后来就跑进了一家啤酒屋。女孩正准备开第 5 瓶时，粉嫩的小手让一双大手捉住了。那双大手的主人盯着女孩，眼睛里塞满困惑。女孩将小手抽出来，泪眼汪汪地看着那人。

女孩抹了一把眼泪，冲那人挤出几丝浅浅的笑来。女孩说："文经理，见笑了。""荣幸呀，"文经理说，"桃经理，明天什么时间到公司报到？""我会按时报到的。"女孩忧忧地说。

后来女孩就摇出啤酒屋。

阳光从云层里探出来，那光芒像是让什么病毒侵犯过，焉了吧唧的。女孩的心情也像是让什么病毒感染了，稀里糊涂地回了自己的小屋。

女孩趴在床上，看着在郊外的油菜花丛里照的照片，感觉那个时候自己就是天底下最最幸福的人了。女孩盯着手机，想等木头打电话过来，痛痛快快地骂他个狗血喷头，然后再等他来解释来求自己，可整整一夜，手机都没有吱声。

女孩像做了一场噩梦。

翌晨，女孩去公司报到，在电梯间，女孩又遇到文。文看着女孩的脸："你眼睛怎么肿成这样？"

女孩故作轻松，耸耸肩，说："我养了几年的小花猫，昨天突然死了。"

"这样呀，"文脸上的肌肉放开了，"你们这些小资呀，过几天我送你一只……"

文还想说什么，可电梯门开了。女孩急急地走了出去。

整整一天，女孩不知是怎么过的，也不知自己有没有工作。

女孩无数次地摁木头的号码，但没有一次摁响那个 OK 键。此时，女孩的心情，就像那深秋树枝上残留的一枚黄叶，孤苦而无助。

女孩不相信男孩会那么绝情，就算不爱了，也应该给一个理由呀。有时，女孩也会这样想，那天是不是自己看错了？

日子在痛苦的等待中游弋。

五天后，女孩突然接到男孩的电话，"桃，我对不起你，忘了我吧！"

"忘了，"女孩声音有些异样，"我们几年的感情，你让我怎么忘？"

"桃，你听我说……"

"不听不听……"女孩啪地关上手机。

女孩扑到床上，呜呜地哭。

这会儿，虚掩着的门被推开了。女孩有点惊喜，尽管女孩恨透了男孩，但女孩还是希望是男孩过来。

女孩不哭了，抬起泪眼。女孩看见文怀抱着小花猫走了进来。"怎么会是你？"女孩的态度很不友好。

文好像并不介意，将小花猫放下来，"那天，你说养了几年的小花猫死了，我看出你很伤心，所以就想送你一只。"

"是吗，"女孩语气淡淡的，"文经理，那天的招聘面试，谢谢你的帮助。"女孩做出送客的样子。

文走了。

女孩复又扑到床上，把脸揉进睡枕里，幽幽地哭。

后来女孩就觉得头特重心特冷，构建身体的零件要挣脱似的，特难受。女孩是在痛苦中睡去的。

女孩醒来后，发现自己躺在洁白的病床上，右手背扎着针头，文守在身边。女孩就问文，"我这是怎么了，我怎么会在这儿？"文将手放到女孩额头上，"小傻瓜，这会儿不烧了。"一边的护士说："你这人也太不注意了，高烧40度，还犟，要不是你老公心细，没准就得肺炎了。""什么，老公？"女孩想更正，但却让文哀求的目光拽住了。女孩重重地叹声气，将脸扭向一边。

有细细的拨瓜子的声音在响，空气里弥漫着瓜子的香味。

文从床的右边移到左边，正好与女孩的脸相对。文捧上他一粒一粒拨出来的瓜子仁，那瓜子仁白白的像极了小麻雀的舌头，文说："你嘴苦，这个香。"说后文就往女孩嘴里送了几粒。

女孩嘴嚼着瓜子仁，泪水就宛若决堤的水轰然跑出。

女孩感动了。

后来，女孩和文好了。

只是，女孩独居的时候，还会想起男孩；有几次，女孩跑去男孩租住的小屋，可那小屋的门始终锁着。

女孩好忧伤。

时间是消磨伤痛的绝对好手。女孩答应嫁给文了。

这是一个很不错的阳光午后，新婚的女孩依偎着文坐在阳台的藤椅上。文拥着女孩，像是下定了决心，文说："讲个故事，听吧！"女孩幸福地笑笑，"讲呗。"

文上齿狠劲地咬着下唇，终于分开，文说："有一个男孩和女孩相爱了，爱得很深，可就在他们计划结婚的时候，男孩查出自己得了骨癌。男孩并不怕死，男孩怕的是他死后女孩会孤单，没有人照顾。一次偶然的机会，男孩碰到在女孩即将上班的那家公司做部门经理的好友，通过了解，男孩知道他的好友在招聘会场认识了女孩，并且对女孩一见钟情。男孩买来充气娃娃，制造了移情假象，目的是让女孩忘掉他，接受好友，自己远走天涯，等待死亡……"文讲不下去了。

女孩的眼里盈满泪水。

女孩说："他现在在哪儿？我要去看他。"

文没有作声，带着女孩，开车走了三个多小时，来到男孩的墓地前。

女孩扑通跪下。

• 凝视

　　天蓝如翡翠，海水也是。

　　女人站在海滩上，脚下，是细细的沙子。阳光铺天盖地地盖下来，海滩被罩在金辉里。女人也被罩在金辉里。

　　风在海面漫步，浪花一个追着一个，滚到海滩上，亲吻着女人白嫩的脚背。

　　女人站在那儿，秀目凝视海面，像一尊雕塑。

　　不远处，是新开发的海滨浴场，有男有女在那儿嬉戏。

　　一个小男孩，从浴场跑过来，看见女人时，小男孩停下来。

　　小男孩仰脸看着女人，小男孩说，阿姨，你看什么呀？

　　看我家小宝呢。女人说。

　　我家小宝，他在浪尖上站着呢。女人又说。

　　小男孩瞪大眼睛，在浪尖上搜索，自然没有搜索到女人说的小宝。小男孩迷茫了，惶惑地看着女人，突然说，疯子，你是疯子！

小男孩拔腿跑开了。

女人看着小男孩跑回浴场，扑进男人怀里，才转过脸来，继续凝视着海面。

小男孩指着远处的女人，说，疯子，那是个疯子！

男人捂了小男孩的嘴，别胡说。

小男孩挣扎，还说，爸，她就是疯子。

男人松开小男孩，向女人跑过来。

男人说，同志，你看什么呢？

看我家小宝呢。女人说。

我家小宝，他在浪尖上站着呢。女人又说。

男人瞪大眼睛，在浪尖上搜索，自然没有搜索到女人说的小宝。男人明白了。儿子说得没错，男人心想。

男人跑回浴场。

男人扎进人堆里，指着远处的女人，说，你们看呀，多么漂亮的女人，可惜疯了。

好好的，怎么就疯了呢？有人搭讪。

是呀，怎么就疯了呢？有人附和。

于是有人提议，说我们过去看看吧！

都说好好，应该过去看看。

像战场上响起了冲锋号，浴场里的男男女女一起向女人跑过去，呈扇形围住女人。

嗨，听说你家小宝，在浪尖上站着呢？

嘿嘿，我们怎么都看不见啊？

你又不是疯子，怎么能看见呢？

……

大家正七嘴八舌指指点点着，小女孩穿过人墙跑过来，跑到女人面前，牵着女人的手就往外走，还说，妈妈，你真疯了？

女人说，妈妈没疯，妈妈好好的怎么会疯呢！

那你怎么说哥哥站在浪尖上呢，小女孩说，妈妈，你就是疯了。

妈妈没疯，女人辩解，妈妈那样说，只是不想在你哥哥面前说出那个"死"字呀。

妈妈，你还是疯了。小女孩一脸认真，那地方多危险，哥哥就是从那地方下水后，再也没有上来的。

正因为这样，女人解释，妈妈才站在那地方呢，妈妈是想让人都知道，那地方危险。

可人们都说，你是疯子。

那你看呢。

我看……

小女孩这会儿犹豫了。

● 最后一堂课

往大山里走，再走，山窝窝那，藏着两排土墙瓦顶的房子。房子的门前，插着木牌牌，上写：某某班级。

五（2）班，冬梅老师在给学生上最后一堂课。冬梅老师昨天接到了调令，做梦都想离开的时刻，终于到了。但，真的要与学生分别了，心里却又酸楚起来。这节课，冬梅老师没有拿课本。

冬梅老师是想与同学们交流一下，同学们似乎也知道老师要走了，教室里的气氛有些让人想流眼泪。

刘静同学就哭着站了起来。

刘静同学说，听说老师你喜欢吃山溪里的小鱼，爷爷翻山越岭，见了溪水，就下去捉，还真捉了几条。可，爷爷返回时，跌山沟里了，折了腿，鱼也丢了。医院里，爷爷还跟我叨唠，让我告诉老师，他腿一好，就去捉鱼。爷爷说，你们冬梅老师，大城市里长大，能来这大山里，是心好，一定要好好招待她。

刘静说过后，狠劲地擦去眼角的泪水，小声请求，老师，能不能等爷爷捉到小鱼了，才走？

冬梅老师没有作声，但眼角，分明挂出泪水来。

吴小小同学忽地站起来。

吴小小同学说，老师，你不能走，妈妈还没有想出新招呢，你走了，妈妈还不自责死了。

原来，吴小小同学的妈妈，见冬梅老师黄皮寡瘦的，知道是缺少营养，便天天夜里，在她的门前放两个野鸡蛋，一连放了十多天，还以为她吃了呢，问儿子，才知道，冬梅老师在班里说，有两只野鸡哇，真的很有意思，每晚在我门前下蛋，本来嘛，这送上口的蛋蛋，老师想独吞了，可老师不能这么做，野鸡是大山的，大山是大家的，老师想好了，这蛋蛋，就让班长王珊珊同学卖了，卖的钱，作班费用。

吴小小同学继续说，妈妈说了，她会想出新招的，她会让老师你白白胖胖的！

冬梅老师正想说些什么，王东东同学又站了起来。

王东东同学扫眼教室后，目光突然定格在冬梅老师的脚上。

王东东同学是孤儿，跟着年迈的奶奶，生活十分困难。

王东东同学目光从冬梅老师的脚上拿开，双手在书包里摸着什么。同学们的目光都聚在王东东身上。教室里，寂静得连稍微有些不均匀的呼吸声，都清晰可闻。半晌，王东东同学双手捧着皱皱巴巴的，面值伍角、壹圆的纸币，走到冬梅老师面前，突然大声哭起来，边哭边说，奶奶说过，冬梅老师你是大城市的人，要想留住你，只有让你穿上我们这里手工做的千层底布鞋。听奶奶说后，我把奶奶每天给我午餐的饭钱，攒了起来。眼看快攒够了，老师，你不走。我一定给你买双我们这里手工做的千层底布鞋，好吗？

王东东同学扑通跪到地上。

同学们也都跪到地上。

齐声哭说，老师，我们——不——让——你——走——

冬梅老师掏出调令，感动地说，同学们，都起来，老师不走了！

冬梅老师将那纸调令，撕成了碎片，抛向空中。

同学们欢呼雀跃起来……

窗台上的风景

这是一幢 17 层的建筑，正在进行室外粉刷。

男孩就蹲在 9 楼的窗前，裸着上身，膝上搁着画夹，用心地画着。

傍晚的日头在作最后的挣扎，吐着红红的舌头舔着男孩黝黑的肌肤。不远处，有几个只穿着裤衩的汉子在喝酒，还有几个汉子骂骂咧咧地打着牌。

我下班路过这儿，看到窗前那个裸着上身作画的男孩，顿生景仰之情。

我跑到男孩面前。

当我气喘吁吁地看着男孩作画时，男孩抬脸看看我，继续他的画作。

男孩画的是一个女孩：齐齐的短发，淡淡的眉睫，鼓挺挺的鼻梁，圆圆的脸蛋，白白的脖颈上戴着一串玫瑰项链。

女孩很美。

日头不再挣扎了，圆圆的月儿悬在天穹。皎洁的月光躺在男孩的画夹上，惬意地吻着女孩。

对面楼里的灯光亮起来，一个窈窕的女孩身影映在窗帘上。

男孩还在画。

喝酒的汉子们还在尽兴，说着荤段子；打牌的汉子们散了场，在水龙头前冲凉，有个汉子冲凉后向男孩走过来，拍拍男孩黝黑的后背，说，睡吧，明天还要上工呢！

男孩点点头。

但男孩还在画。

月儿好像也困了，躲云层休息了。

我说，睡吧，你明天还要上工呢！

男孩感激地看看我，开始收画夹。

下楼后，我在楼下伫立了好久，看着9楼隐约的窗台，脑子里还是搁着男孩。

翌日下起雨来，那雨开始温柔，后来便像脱缰的马，疯狂起来。

我坐在电脑前，看着窗外由天空扯下的雨帘，想起那幢9楼的窗台。这么大的雨，他们是不会上工了。

我开车来到搂下。

男孩果然蹲在窗前，裸着上身，膝上搁着画夹，在用心地画着。

我跑上9楼。

汉子们窝在一起，打牌。没人理我。

我径直走向男孩。

男孩像是没有发觉我，认真地画着。男孩画的还是一个女孩：齐齐的短发，淡淡的眉睫，鼓挺挺的鼻梁，圆圆的脸蛋，白白的脖颈上戴着一串玫瑰项链。

我说，你们认识？

男孩抬眼看看我，反问，就一定要认识吗？

我说，那倒不必。

男孩冲我笑笑，很友好的样子。还说，你是画家吗？

我说，不是。

又说，但我很欣赏作画的人。

男孩像是觅到了知音，把画夹递过来，说，帮我看看吧！

我接过画夹，一页一页地翻着，总共109幅，每一幅，都是同一个女孩：齐齐的短发，淡淡的眉睫，鼓挺挺的鼻梁，圆圆的脸蛋，白白的脖颈上戴着一串玫瑰项链。

我内心里漾起一片涟漪，这么专注地画着一个女孩，没有痴情的因素，就很难解读了。我问男孩，你心中有她了？

男孩揉揉眼睛，黝黑的脸上笼过一抹红晕。男孩说，怎么会呢！

男孩还说，俺没考上学，就来工地啦，俺一天画一幅她，是觉着心里装有希望呢，心里怎么敢有她啊！

男孩看眼对面楼的窗子。

雨，还像是脱缰的马，在疯狂着。

我目光穿过雨帘，跑到对面楼的窗口上。窗帘没拉，透过玻璃，我看见了男孩画夹上的女孩。女孩双手托腮，扑闪着大眼睛盯着窗外的雨帘。

我拍拍男孩的头，说，好好画吧！

我走出好远了，男孩还在望着我。也许，男孩是在读我吧；或者，是在琢磨我那句话的真正意思。

后来我去外地参加一个笔会，在外面待了几天。

记得那个早晨的阳光和平时没有什么区别，光芒四射。我上班经过那幢楼下，无意识地看眼9楼的窗口，正是上工时间，窗口空落落的。我正准备过去，有一个汉子喊住我。

汉子从楼上跑下来，手捧着男孩的画夹。汉子说，男孩临走前，让我把这个交给你。

汉子喘着粗气。

男孩去哪儿了？我有一种不祥的预感。

汉子眼圈红红的，声音也有些抖。汉子说，那天下工后，男孩像以往一样，蹲在窗前作画，突然有一阵风响过来，旋走了男孩膝上的画夹，男孩扑过去抢，结果……

我翻着男孩的画夹，泪流满面。那一刻，我忽然明白，男孩为什么要让汉子把画夹转交给我了。

我收好画夹，来到对面楼的 9 楼。

开门的正是男孩画的那个女孩，我说明来意后，捧出那本画夹。女孩接过，翻了几页，突然把画夹扔到地上，愤愤地说：讨厌，怎么画我呀！

● 应该有故事

五年了。

临走之前，他决定向她表白一下。

他站在门边，目光穿过门缝扎在对面的门上。那门，好像发觉了什么，警惕地站在那儿，冷着脸。

怎么了？他在心里画着问号，往时，这种时候，她准会拉开门，站在门前，一边捋着额角的鬓发，一边凝眸望向这边。而后，锁好门，离开。

她在不远处的一家超市上班。

也因为她，他经常去那家超市闲逛。

他手头不怎么宽裕，靠一点稿费生活，朋友们劝他找份工作，把创作看淡些，可他不干。他认为，创作是他的生活全部。尽管他现在还没有名气，房子还是租的，甚至于不敢恋爱，但他坚信，他会成为很有影响力的作家。他这样想着，就觉得她今天有点异常。怎么回事呢？他在心里一遍又一遍地问着自己。

阳光趴在那门上，鲜鲜的。

他觉得他的毅力正在接受着严峻的考验。还躺在床上时，他就计划好了，要在离开前，做一桌可口的菜，请她过来。他就要走了，要离开这间他租住了五年的小屋，要离开她。他不想留下遗憾。他要与她坐在一起，痛痛快快地吃一顿，还要把心里的话，全部掏给她。

她是怎么了？

他目光从对面的门上拔回来。

他拉开门走出去。他是去菜市场。他要赶快做好一桌菜，而后请她过来。也许，那时候，他就知道她是怎么了。

见他走出来，她心里的牵挂放下了。

她不用上班了，她就要离开了，离开这间租住了五年的小屋。在离开前，她想做一桌可口的菜，再把他叫过来。她不想留下遗憾，她要在饭桌上，表白搁在心底的话。尽管她知道，她们之间有差距，她只是个打工妹，而他，是个能写小说的人，能在电脑前敲敲打打就可以挣钱的人，但她还是想向他掏出自己的心思。好在，她就要离开了，即使被嘲笑，也没什么了。

她目光穿过门缝搭在他后背上，直到望断了，她才拉开门。

她走出去，往菜市场方向。

他买了好多品种的菜，他不知道她喜欢吃什么，他只好多做，这样，她就有选择。他没有做过菜，平时，他都是在外面买现成的，回来热一下吃，真要自己亲手做了，他还真不知从哪儿下手。好在，网上有，他按照那上面的要求，还真是做了桌色香味俱佳的菜肴。

他敲开她的门。

见她的小桌上摆满了刚做的菜，很丰盛的，他不好意思了。他边往外面退着边说，你有客人呀，不好意思。他这样说着时，就离开了。

她跟到门前，她想说，这是为你做的呀，可她没说。望着他走回他的小屋，门被推上了，她还站在门前，脸色木木的。

他推上门后，倚着门，靠了一会，接着便坐到饭桌边，拧去酒瓶盖儿，大口灌起来。

她在门前站了会，后来回了屋，推上门，望着一桌子菜，泪珠不听话了，叭叭往外面跑。

● 远行

男人走在暮霭里，手机就捂在耳朵上。

男人说，快到家了呢！

男人还说，明天见呀宝贝。

男人收了手机，目光在路边的树叶上扫过后，轻轻地哼起来：

让我轻轻地告诉你

天上的星星在等待

分享你的寂寞你的欢乐

还有什么不能说

……

男人这样正哼着，不觉就到家门口了。

是女人开的门。女人站在屋子里，见男人走进来，连忙替男人脱了外衣挂到衣架上，洗了热毛巾帮男人擦着脸，还说，饿了吧？

男人点点头。

男人坐到餐桌边。

女人在餐桌上添了碗筷，还开了瓶"二锅头"。男人把过酒瓶想斟酒，女人慌忙抢过来。女人把酒斟到一个玻璃杯子里，转身取了一盏水晶灯，在灯里放了蜡烛，点燃，再将玻璃杯放上去。看着烛光在水晶灯里闪，女人说，老公，有气氛吧！

男人没作声。

女人说，那你先用吧！

男人还是没作声。

女人不说了，轻步走开。

男人将玻璃杯里的酒斟到酒盅里，一口喝掉了。再斟，再喝掉。也不知喝了多少杯，男人还在喝。男人觉得特来劲，尤其是那碟野猪肉炒竹笋，味道好极了。

女人蹲在不远处的鞋架边。

女人是在给男人擦皮鞋。

女人先把皮鞋用布擦干净后，开始在上面涂鞋油。鞋油均匀地躺在鞋身了，女人抖开抹鞋布，细细地擦。眼看皮鞋油光铮亮了，女人还在擦。

男人像是酒足饭饱了，响着饱嗝离开桌。从女人身边经过时，男人趔趄了下。女人连忙站起来，扶着男人进了洗澡间。女人帮男人调好水温后，颠着小步到衣柜里取了睡衣返回来。

女人要帮男人洗。

男人不让。

女人就站在洗澡间的外面等男人。

后来男人洗好了。

男人歪歪地晃出来。

女人慌忙扶过男人，扶到床前。女人把男人放到床上，拉过被子盖上。看着男人安详地睡了，女人还是不放心。女人又取了热毛巾敷到男人的前额上，还备了杯开水放在床边的案几上。女人这才放心些。

女人开始帮男人收捡衣物，由袜子到内衣到领带，包括相机、手机、充电器，男人远行该带的都带了，女人这才松口气。

女人坐在男人的身边，看着男人。看着看着，女人眼窝里就盈了泪。

女人不想让男人看到那泪水，就拼命地擦，可那泪水就像根扎在泉眼上了，无止无尽地流起来。

男人看到了。

男人眼里也蓄着泪。

男人说，老婆，我对不起你。

男人还说，明天我不是去出差，我是……

女人捂了男人的嘴，女人说，我早知道……

● 母亲

倚着门框，望断部队同志离开的背影，母亲这才转过身来。插好门闩，母亲便朝女儿挪过去。

女儿坐在桌前的椅子上。

母亲抱过女儿，拥着，褶皱的双唇压着女儿的额头。

女儿很听话，默不作声。

母亲也不作声，只是，那眼角的泪水，吧嗒地敲着地面。母亲抬起脸，狠劲地擦去泪水，将女儿放回椅子上。

母亲说，乖，坐着，娘给你烧红焖鲫鱼呢，你最爱吃的。

女儿没作声。

母亲点燃蜡烛。烛光下，母亲见女儿白嫩的脸蛋堆着浅笑，母亲心宽了些，向厨房挪去。

母亲从鱼缸里捞出条鲫鱼杀了，洗净后在鱼身的两面划开几道口口，下油炸到八成熟，取出；将咸菜丝放到锅底，葱、姜、蒜撒到鱼身上；再加花椒、大料、酱油、白糖、料酒、米醋，而后倒些水，大火烧开后改小火焖。

女儿最爱吃这道菜。

母亲做得最拿手的菜也就是它。但是今天，母亲却做得特别细心特别认真。母亲生怕做得不好，女儿不吃。

窗外的天完全暗下了。

母亲将做好的红焖鲫鱼端出来，端到女儿面前。

母亲拉过椅子，坐到女儿身边。母亲说，乖，娘喂你呢。母亲夹起一块，放到嘴边试了试温度，送进女儿嘴里。一块，又一块，眼见鲫鱼只剩下骨架了，母亲才收起筷子。

看着女儿，母亲的脸颊漾朵小花。母亲说，乖，还是像小时候呢，也不知个饥和饱。

女儿没作声，但亮亮的眼睛在看着母亲。

母亲起身进了洗漱间。

母亲端盆温水挪出来，挪到女儿身边，将盆放到桌面上，卷起袖口，把手放进去，搓了搓毛巾，拧去水，右手攥着，左手舀水洗女儿的脸，由额头到眉睫到鼻子到下巴，小心翼翼着，生怕洗不干净，女儿生气了，然后右手抖开毛巾，盖到女儿脸上，轻轻地擦。

女儿听话极了，没有像小时候那样，怕洗脸，一洗脸，就又哭又闹。

母亲说，乖，比小时候听话多了。

母亲说着时，便把盆挪到地上，蹲下身子，卷掉女儿脚上的袜子。捧着女儿白白嫩嫩的脚丫子，母亲褶皱的唇在那脚丫子上扎扎实实地响了几声。

女儿的双脚插在盆里的温水里。

母亲从脚背到脚心，轻轻地搓，轻轻地洗。

真乖，母亲说，小时候一洗脚，就嘭水盆，裤腿常常被溅湿。

母亲这样说着时，脑子里就晃开了女儿小时候的样子：羊角辫，花褂褂，整天绕着自己，蹦蹦跳跳着，像条小尾巴。

真乖，母亲将女儿的脚丫子洗净擦干后，还是这样说。

女儿没作声。

母亲吹熄了蜡烛，抱着女儿来到床上，抱着女儿躺下去，盖好被，望着窗外银银的月色，母亲哼起女儿小时候最爱听的摇篮曲：

睡吧，睡吧，我亲爱的宝贝

妈妈的双手轻轻摇着你

摇篮摇你，快快安睡

睡吧，睡吧，我亲爱的宝贝

妈妈的双手轻轻摇着你

摇篮摇你，快快安睡

夜已安静，被里多温暖

······

翌日，阳光穿过窗口跑进来的时候，母亲醒了。

母亲抱起女儿。乖，母亲说，娘带你去河边竹林里玩呢，小时候，你就是喜欢去那儿呢!

女儿没作声。

母亲拉开门闩，走出小屋。

小屋外，村里的人，都来了。他们手拿白花，神情肃穆，分两列，向远处延伸去。

　　原来，女儿是站在黑边镜框里呢。女儿头戴卷檐帽，身着松枝绿军装，脸现浅笑。

　　母亲抱着黑边镜框，从村民面前，轻轻挪过去……

　　女儿是在执行任务时牺牲的。

另类隐秘

第四辑

• 没有作案时间

　　路易软在沙发上，有一搭没一搭地看着电视。房门突然开了，安奇跑进来，扑通跪到路易面前，央求说，娶了我吧！路易好一会才反应过来，关掉电视，目光撂在安奇的脸上。

　　安奇泪眼婆娑。

　　路易扶安奇坐到沙发上，从几案上的香纸盒里抽出片香纸，递过去。看着安奇在拭眼泪，路易问安奇，安奇，胡说什么呢？安奇将拭过的香纸丢进纸篓里，说，王再再他要娶我。

　　那好哇，路易的口气有些揶揄，王再再那么大一个老板，应该高兴哇。

　　安奇飞眼路易，口吐兰香：你坏，你坏——

　　路易正要表白些什么，电话响了。路易一看，是办公室的电话，说城南十号小区一女子从 17 层楼上跳下来。放下电话，路易就急匆匆走了。

　　路易是刑警大队队长，发生这样的事，他要亲自去。

女子趴在地上，血已开始泛黑。法医翻过女子尸体，认真查看后，得出结论：死者属非正常死亡。

路易指挥刑警仔细搜索死者房间，发现一根红色发丝。这让刑警们兴奋不已。因为死者，是一头黑发。有人提供线索，说事发前见过安奇进了女子的房间。种种迹象表明，安奇的嫌疑愈来愈大。DNA比对后，确定那根红发就是安奇的。安奇说，不错。还说她和女子都是王再再公司的员工，两人交往颇多。

安奇在刑警大队接受问话的时候，眼睛一直盯着坐在一边的路易。见路易没有反应。安奇有点不高兴。

安奇说，死者跳楼是什么时间？

回答，6日下午4点20分。

安奇说，问问你们队长，我那时候在什么地方？

问话的刑警目光移向路易，路易说，我们是在一起。问话的刑警听后，收起记录本离开了。这案子随后也就悬了起来。

初冬的雪很薄，路易走在薄薄的雪地里，神情就有些犹豫了。内心里，路易吃不准安奇是不是真爱自己。好几次，路易让安奇离开王再再的公司，安奇都借口婉拒了。凭直觉，路易觉得王再再的公司不会那么简单。路易这样想着，赶到"轰轰隆隆咖啡厅"时，安奇早等在哪儿了。见到路易，安奇的不快完全写在脸上。

安奇说，你真忙呀！舌根底下压着讥讽。

路易没作声，静静地听王菲在动情地唱：

爱上一个天使的缺点
用一种魔鬼的语言

上帝在云端只眨了一眨眼

最后眉一皱头一点

……

　　安奇见路易不睬她，泪珠便从眼眶里蹦出来。路易见了，心软，好言劝说，安奇这才止住流泪。

　　喝着咖啡，听着音乐，幸福开在彼此脸上。后来，安奇偎进路易怀里，白嫩的玉臂环住路易的脖子，喃喃低语。

　　手机铃声打断了他们的缠绵。接了电话，路易就急匆匆离开了。城南六号小区一男子跳楼，法医鉴定系非正常死亡。案情紧急，路易连夜组织侦破，各种迹象聚到一起，安奇疑点冒出。安奇再次接受问话。你们搞没搞错噢，接受问话时，安奇显得很不耐烦。安奇说，死者跳楼是什么时间？

　　回答，6 日下午 6 点 20 分。

　　安奇说，问问你们队长，我那时候在什么地方？

　　问话的刑警看看路易，路易摆摆手，示意不要再问了。路易纳闷，那个时间，她明明与自己在一起哇，根本没有作案时间，可种种迹象怎么就集中到她身上了呢？路易百思不得其解。

　　其实，百思不得其解的，还有一个人，那就是局长。局长听了路易的汇报后，觉得这里面的文章有点深奥。局长干公安多年了，越是深奥的东西，越喜欢读。天道酬勤，局长还真是读懂了这篇文章。

　　那天，安奇在护城河边等路易，路易没等到，倒是等到了一副冰凉的手铐。看着真真实实铐在腕上的铁家伙，安奇咆哮，你们这是干什么？

　　回答，城南八号小区有人跳楼了。

　　这跟我有什么关系？

是啊，跟你能有什么关系呢，何况，那个人只是想跳，可毕竟，人家还是没跳嘛！

没跳？安奇心里犯开了嘀咕。

后来审讯安奇时，安奇高昂着头，态度十分生硬。局长过来讲了一个故事。局长说，有一家公司的老总，这个人走私贩毒，可一直没有露出狐狸尾巴，为什么呢，原来呀，这个人手下有一位得力的干将，这个人可不得了，不知是用什么东西配制了一种香料，这东西神奇呀，只要想害你，往你窗台外面抹一点，一个小时后便会发出一种特别的香味，人嗅到了，就会情不自禁地寻过去，推开窗子，往楼下跳。更神奇的，是这种香味，存在的时间，只有5分钟。5分钟后，从地球上蒸发了一样，无踪无影。大家想想啊，这案子咋破啊。即使，凶手不慎露出些破绽，可这一个小时的缓冲时间，完完全全可以制造出没有作案时间的假象。这家公司老总，就是用这位干将的手，除掉了一个又一个危及他的人。说到这里，局长突然提高声音，吼道：安奇，想知道这位得力干将，她是谁吗？

安奇垂下头，小声说，我交代……

• 欣黛

村口。大榕树下。

赵嫂坐在裸露的粗大树根上拨着毛豆，王嫂新过门的媳妇欣黛晃过来，欣黛上穿黑色紧身衫，下着红色牛仔裤，套着高跟凉鞋，经过赵嫂面前时，抬手捋捋金黄的卷发，说声拨豆哇，还没等赵嫂答话，就响着脚步声走开了。

赵嫂冲着欣黛离开的背影，呸了一声。

钱嫂拎着几条丝瓜走过来，一屁股坐到树根上。赵嫂屁股挪了挪，眼睛撂在钱嫂刮丝瓜的手上。赵嫂说，听说，王嫂家那新过门的媳妇是只……

赵嫂哑住，不说了。

钱嫂追问，是什么？

赵嫂说，你看她家媳妇那身打扮，露乳露脐的，能好到哪里去。说后，赵嫂站起来，冲钱嫂诡秘地笑笑，端着盛豆的瓷盆，走了。

钱嫂边刮着丝瓜边想着赵嫂的话。

孙嫂挎着竹筐走过来，坐到赵嫂刚刚坐过的树根上，把竹筐里的豆角倒到地上，一根一根择起来。

钱嫂的丝瓜刮完了，但钱嫂没有离开的意思。钱嫂左肘碰碰孙嫂，钱嫂说，听说没？

孙嫂说，听说什么？

钱嫂扫眼四周，说，王嫂那新过门的媳妇是只……

钱嫂哑住，不说了。

孙嫂追问，是只什么？

钱嫂说，你看她家媳妇那身打扮，露乳露脐的，能好到哪里去。说后，钱嫂站起来，冲孙嫂诡秘地笑笑，拎着刮去了皮的丝瓜，走了。

孙嫂边择着豆角边想着钱嫂的话。

李嫂摇着蒲扇哼着黄梅戏颠过来，颠到孙嫂面前，说，择豆角啊？孙嫂的思绪拉回来，孙嫂说，是啊！孙嫂挪挪屁股，示意李嫂坐下来。李嫂没坐。这鬼天气，李嫂嘟曦，热死人啦。孙嫂看着李嫂，祟祟地笑。你笑什么？李嫂困惑。

听说没？孙嫂问。

听说什么？李嫂说。

孙嫂刚想告诉李嫂，却瞥见王嫂那新过门的媳妇欣黛正往这边走过来。孙嫂冲李嫂努努嘴，端起竹筐，站起来走了。

李嫂愣会儿，接着便又哼起来：

春风送暖到襄阳

西窗独坐倍凄凉

亲生母早年逝世仙乡去

撇下了素珍女无限惆怅

……

村口。大榕树下。

月色透过树叶的缝隙泻下来，滴在地上，闪着莹莹的光。凉凉的夜风
吹过来，很是惬意。

赵嫂、钱嫂、孙嫂、李嫂还在唠嗑。

王嫂那新过门的媳妇欣黛还真是做鸡的呢，李嫂说，昨天俺去城里，
正碰上她从美容美发店里出来呢，见了俺，那脸唰地就红了，要是没做亏
心事，干吗脸红哇？

就是，孙嫂接过话茬，前阵子，俺跟男人生气，俺那口子就往那种
店里钻，让俺逮着了呢，妈呀，坐一溜儿女孩子，个个嘴唇抹得猴屁股
似的。

还说呢，钱嫂说，你们看看欣黛那嘴唇，要俺说，比猴屁股还红呢。

所以嘛，孙嫂来了兴致，俺现在相信村上的传言啦，无风不起浪嘛！

也是啊，钱嫂说，开始俺也不相信。

这会信了？孙嫂追问。

信了。钱嫂答。

赵嫂坐那儿，独不语。

村口。大榕树下。

残阳燃烧的余烬撒在地上。

赵嫂、钱嫂、孙嫂、李嫂站在那儿，木着脸，心里都像搁着一块铅。

这孩子，李嫂眼角噙着泪花，真的就走了？

听说，孙嫂哽咽着，是用水果刀割的腕。

妈呀，钱嫂跺下脚，这孩子可真狠心哇。

呜——

赵嫂忽地大哭起来。

● 绝密文件

硝烟还未最后散尽。

他抬起头。偌大的坡岭地带，躺着的全是战友的尸体，少臂的，缺腿的，没了头的，肠子裸在外面的。他挣扎着爬动了下，这才发现自己的双腿没有了。他骂道，小鬼子，老子和你拼了。

但，没有小鬼子的影子。

有的，只是墨色的天空下，老鹰平展着翅膀。

一个营，他撕心裂肺般，一个营啊！

他忍着剧痛，爬。把一双双瞪大着的眼睛，轻轻合上。他这样做着，疼痛仿佛轻了些；人，好像也精神了些。

他觉得，自己还是个有用的人。

这样想时，他觉得肩上的担子，千斤般重。

他加快了速度。虽然，他清楚，这么多的战友，凭他现在的情况，不可能把那些不瞑目的眼睛一一合上，但，他要争取。

这里，有几具尸体，堆在一起。他想象出，战斗中，这些战士，可能为了掩护或救助什么，不惜牺牲生命的情景。他两眼一热，泪珠，扑簌簌砸到地上。他抹把眼泪。不哭，他警告自己。

他搬动尸体，他想让他们睡得不要这么挤，可，他的力气实在有限。他没有放弃，正在他竭力这样做时，只见那些尸体，忽地动了起来，内里冒出一个人来，那人手握一支断柄的枪管，向他拼来。

他还没反应过来，那人扑通一声，又倒了下去。

是个女兵。

他爬过去，往她嘴里灌了几口水，她慢慢醒过来。见是自己人，她呜呜哭起来。还说，一个营，一个营啊！

见她醒过来，他慢慢挪开，继续做他的事。

风，贴着地皮，滚过来，剜骨地疼。墨色的天空下，老鹰依然平展着翅膀。

她哭会儿，止住，学着他的样子，把那些不瞑目的眼睛，轻轻合上。

这是一张稚气未脱的脸，惊惧的眼神，仿佛还没作好死亡的准备。刺刀是从后背捅进来的，在胸前冒出的时候，被双手攥住。那断掉的十个指头，验证了她的想象。她寻找，最终找到八个指头，复位，扯几根藤条，捆上。做完这一切，她才轻轻地合上这双惊惧的眼睛。

风，响起了哨子。墨色的天空下，老鹰像一只只漂浮在浪尖上的帆船。

见他趴着不动，她跑过去。因流了过多的血，他撑不住了。她扳开他，说，一定要挺住哇。说后，她蹲下身子背起他。走，她说，找部队去。

他挣扎，要她放下他。他说，甭管我，把战友们的眼睛合上。

她不睬，背着他，歪歪地挪。

他挣脱开，冷着脸，说，甭管我，合战友们的眼睛要紧。

她喘着粗气，水亮亮的眸子看着他。

远处，小鬼子的声音响过来。

她说，小鬼子又来了，快走！

他惨然地笑笑，说，这样我们谁也走不掉。说后，他从棉袄的夹层里抠出一个拇指大小的包包，按到她手心里。他说，这是绝密文件，你一定要把它交给首长。

她"唰"地一个立正，保证完成任务！

收好"包包"，她说，走，我背你走。

他火了，凶道，你是不是八路军？

她说，是。还说，正因为是八路军，我才不能落下你不管！

他忽地拔出手枪，顶着自己的脑壳，他说，再不走，我就……

小鬼子的声音越来越近……

再不走，他咆哮着，那个包包就要落到小鬼子手里了……

听他这么说，她只好猫下腰，沿着山沟，跑。

身后，传来"啪"的一声枪响。

她回过头，看见他晃了几晃，倒下了。

……

后来，她找到了部队，将那个"包包"交给了首长。首长打开包包，里面包着的，除了一点旧棉絮，什么也没有。

怎么会这样呢？她一脸困惑。

● 调离申请

　　都说欣吖是一时心血来潮，来到了大山沟里的这所小学。欣吖不这么认为。欣吖说，和我一块来的有五人呢，都是大城市名校的老师，干吗非要说我哇？

　　躲在山沟沟里的这所小学，也的确没有让欣吖们失望。满山葱郁的树林，色彩奇异的野花，还有那许许多多叫不出名儿的小鸟，都让欣吖们觉得新鲜。尤其是雨后天晴时分，一道彩虹仿佛是从大山的头顶探出去，伸向广袤的天际。嗅着清新的空气，踩着干干净净的青石板，欣吖们的心情愉悦到了极致。

　　都说，这么好的地方，竟然会没有人愿意来，傻啊！

　　只是，一个学期过去后，同欣吖一块来的五个人，就剩欣吖与桔子了。欣吖想不通，内心里更是看不起那几个离开的人。欣吖跑到桔子的小屋，见桔子正在收捡包裹。欣吖不解，问桔子，桔子你干吗呢？桔子见是欣吖，高兴得眼角滚出泪水来。桔子说，我也接到调令了啊！什么？欣吁像是没有听清桔子的话。桔子说，这山沟沟，办学条件差，学生上学晚，想教出些名堂，难啊！桔子又说，三天两头停电，一停电，这里的夜就显得特别长，难熬死了。桔子还说，欣吁你也想想办法调走吧！

欣吁转过身，丢下句"我不走"，跑开了。

欣吁在自己的办公桌上刻下"欣吁不走"四字，提醒自己。之后便把全部的精力倾注到工作上。欣吁是想用她的勤奋来证明什么，更是想用出色的成绩来说明什么。欣吁忙碌着，也快乐着。

学生王二丫，总是缺课。欣吁找到王二丫家，王二丫父母外出打工去了，跟着爷爷奶奶生活。爷爷奶奶见了欣吁，很是高兴，连忙把欣吁让进屋里，净杯沏茶。交谈中，欣吁得知爷爷奶奶溺爱孙女，王二丫就是因为好睡懒觉，经常缺课。找到"病因"后，欣吁起身向屋外走去。屋外聚着几个人，叽叽喳喳，正唠着什么。见欣吁走过来，便闭了嘴，尴尬地笑着。欣吁觉得挺有意思。欣吁继续往前走。后来，远些了，那叽叽喳喳声又响起来：

"听说，这女孩犯过错误的。"

"黄毛丫头，能犯哪门子错？"

"没犯错误，那人家都走了，她咋不走？"

……

欣吁想折回来，解释些什么。欣吁没有。

一连几天，王二丫都没有缺课。但欣吁还是找了王二丫。欣吁表扬了王二丫后，接着便给王二丫补课。王二丫脑子好使，很快地，成绩便赶了上来。一次小测验，王二丫还考了第二名。王二丫好高兴。王二丫一高兴，就什么话都说了。王二丫说，老师，我看你是好人，可同学们为什么都说你犯过错误呢，你犯过什么错误啊！王二丫又说，同学们说，你要是没犯错，那人家都走了，你咋不走呢！王二丫还说……

欣吖打断王二丫的话，想解释些什么。欣吖没有。

当天晚上，欣吖没有去办公室加班。躺在床上，欣吖也没有开灯。看着月亮灯笼一样挂在窗前的榕树枝上，欣吖想起城里的家，想起家里的爸爸妈妈，想起城里工作过的学校，学校里的同事朋友；想起男友期盼的眼神，以及那不解和无奈的目光。隔壁校长房间里的喝酒行令声还在响着，声音越来越大。欣吖觉得吵，好几次把手指塞进耳孔，可手指一拿出来，声音依旧。

欣吖辗转反侧。

隔壁校长房间的门吱呀一声开了，有两个人颠出来，颠到欣吖窗前的榕树下小便。一个说，这屋里没人？

另一个说，这会儿还在办公室吧！

一个说，那四个都调走了，她怎么不走？

另一个说，听说，是犯过错误的。

……

欣吖脑壳"轰"的一声炸了。

翌日，欣吖递交了"调离申请"。

● 考验

幽幽小径，两边守着绿绿垂柳。

他就走在小径上。

河水，月光，微微的清风，与他缠绵。他有些醉了，就那么走在这条小径上，来来回回，没有停留，也没有倦意。

他就这样走着。

脑子里，贮着艳子。

艳子美美的容颜甜甜的笑靥，时时刻刻骚扰着他，让他心动，让他魂不守舍。他想不明白，他与艳子，那么如胶似漆，可艳子怎么就不答应嫁给他呢！

女人是一本书，一本难懂的书。

他这样想着时，耳鼓里敲起了款步声，循着声音望过去，他看见，银银月色下，一袭白裙向他迎来。

女子挑着眉睫，泼过一汪秋水。

他问，你叫什么？

女子说，我叫想你，你呢？

他心笑了，随口胡诌，也叫想你。

女子哈哈大笑，笑声撞到柳叶，跌进河里，荡起阵阵涟漪。

他觉得女子是天上的仙女，在天宫太寂寞了，偷着下凡来寻欢乐。他决定满足女子的愿望。他坏坏地盯着女子，还捉过女子嫩如葱根般的玉手。他说，我真叫想你。

女子抽出玉手，软软地环上他的脖子，女子说，我是想你。

他嗅到了女子口吐的兰香，像注了兴奋剂，他把女子放倒在地。正要动作，不远处好像有脚步声往这边响过来，他忽地爬起，并拉起女子。

女子在他脸颊吧唧啃了口，非常古怪地笑着离开了。

他盯着女子的背影，直到望断，还怔在那儿。他不明白，那响过来的脚步声，怎么会没有人来。鬼，他脑子里跳出这个字时，头发便也竖了起来。

他疯狂地跑回小屋。

艳子，还有那个叫想你的女子，都在小屋里。见他进屋，那个叫想你的女子冲他吐吐舌头。艳子迎上他，扑进他怀里，艳子说，我相信你啦。

还说，我们结婚吧！

• 村姑小进

朋友开了家酒店，让我过去聚聚。

包间里，为我们服务的是村姑小进。人不多，小进除了倒倒酒，就站在一边看着我们喝酒。

我说："小进，也来坐吧！"

小进看看朋友。朋友点点头。

小进便坐上来，主动跟我们每人碰过后，脸颊便绯红起来。小进本来就美，天生丽质，现在脸颊红起来，越发美艳欲滴了。

小进还是给我们倒酒，轮到自己了，也倒，从不少倒。我们喝，她也跟着喝，不言不语。

我们实在是不想喝了，目标便转向小进。

小进还是不言不语，接过酒就喝。

我没见过这样喝酒的，怕小进醉了，替她喝了几杯。

散场的时候，小进拽住我，一口兰香喷过来。小进说："戴，什么时候有空，带你去俺那小山村看看，美着呢！"我喜欢小山村，尤其还有这么一位貌若天仙的女孩陪着，自然欣喜不已。我说："小进，不是醉话吧？"小进忙说："不是不是。"

　　一天，我正在电脑前敲字，手机响了，是小进打来的。

　　小进说："戴，有空吗，老板放俺两天假呢。"

　　我说："有啊！"

　　小进说："那你过来，带你去俺那小山村看看。"

　　我说："真的呀？"

　　小进说："小狗骗你。"

　　面包车跑了两个多小时，才在一座山脚边停下来。下了车，小进带着我，沿着青石板铺的小路，走了好长一段时间，又翻过两座山后，小进指着对面山梁上挂着的茅屋，说："那就是俺家。"

　　我说："是吗？"

　　"是啊！"小进这样说着时，站住了。

　　"怎么不走了？"我问小进。

　　小进扑闪着大眼睛看着我，突然咻咻地笑起来。小进说："答应做俺男朋友，俺才带你去。"

　　"是真是假啊？"我说，"这也太突然了吧？"

　　"答应还是不答应吗？"小进摇着我手，撒起娇来。

　　"答应答应。"我说。

　　小进吧唧在我脸上亲了一口，撒着欢儿，跑起来。只是，小进没有往对面的山梁上跑，而是往另一座山上跑去了。我跟在后面，喘息着，我说："小进，这是要去哪呀？"

小进没有作声，继续跑。

一个小伙子，赶着一群羊，往山下走。小进停下来。小进说："山蛋哥，放羊啊？"

"是啊！"小伙子问，"小进，是刚回来吗？"

"是啊！"小进回头看着我，"这是俺……"小进红着脸，不说了。

小伙子目光在我脸上扫过后，恶狠狠地啐口吐沫，猛甩羊鞭，走了。

小进捂着脸，唏唏地笑起来。

"笑啥啊？"我说。

小进不笑了，拽着我，继续往山上走。

正是春天，好多叫不出名的花儿争妍斗奇。有蜻蜓在飞，有蝴蝶在舞。远处山坳里，油菜花的清香漫过来，沁人心脾。

小进趴在一簇花丛里，冲我扮着鬼脸。那份天真，那份烂漫，与酒店里那个站在一边，不言不语的女孩比起来，简直判若两人。

我说："小进，你应该是这大山的。"

小进说："是吗？"

我说："是。"

小进的脸色突然阴郁起来。

回来后，我急着赶写稿子，整天趴在电脑前，大门不出。

朋友打来电话，说："你的小进，已是大堂经理了。"

"什么我的小进？"我说，"什么意思，你？"

朋友没有回答，只是嘿嘿地笑笑，放了电话。

我打小进手机，正在通话中；再打，还是正在通话中；我知道，是小进把我的号码拉黑了。为什么要拉黑我呢？带着这样的疑问，我找到小进。我说："小进，你什么意思？"

小进说："没其他意思，就是怕你分神。"

我觉得小进真是懂事，是自己误解她了。说实话，像我们这些码字的人，要真是遇上黏的女孩，还真是麻烦。小进像读出了我的心思，附到我耳边，小声说："戴，那天说的话，千万别当真呀！"

我说："什么，你说什么？"

小进大声说："别——当——真——"

这天，我正在电脑前码字，小进走进来，身后，还跟着个小伙子。小伙子我见过，小进喊他山蛋哥。

小进说："戴，山蛋哥找过来了，俺要跟他回去了。"

还说："戴，俺那样做，只是想让山蛋哥对俺死了心，没想到……"

• 老师和学生的故事

　　心怡喜欢吹笛。只要一下课，心怡就在教室里吹。心怡吹出的笛声，清远，悠扬。同学们都很喜欢听。有一次，上课铃声都响了，心怡还在吹。老师找了心怡。老师说，心怡你知道现在什么时候了？心怡说，什么时候了？老师说，什么时候你还好意思说，再有两个月就高考了你知不知道？心怡说，知道啊。知道了你还在班里吹笛子？老师火了，凶道，以后不准再在班里吹了。

　　不让在班里吹，心怡就跑操场上吹。

　　心怡人漂亮，笛又吹得好。心怡吹笛时，就有很多学生围过来，尤其是男孩子，跟着起哄，搞得偌大的操场闹哄哄的。

　　校长不高兴了。

　　校长找到老师，把老师狠狠训了一顿。

　　老师那个气呀，拍着桌子凶心怡。心怡不服，说课间时间，吹吹笛子有什么错吗？老师说，现在是备考关键时期，你这样做，是故意分散同学们的学习注意力，是别有用心。老师把话说到这个份上，心怡不作声了，但心里，还是不服气。

心怡还是喜欢吹笛，只是，时间和地点的选择上，有了些变化。

一天放晚学后，心怡来到距校园不远处的小河边。

河边有一片竹林，晚阳点缀，很有一些诗意。心怡站在竹林里，吹：

> 甜蜜蜜你笑得甜蜜蜜
>
> 好像花儿开在春风里
>
> 开在春风里
>
> 在哪里在哪里见过你
>
> 你的笑容这样熟悉
>
> ……

心怡这样吹着时，就看见一个女人踱过来。女人在河边散步，听见这么动人、婉转的笛声，想看看吹笛的人，就过来了。

女人说，你吹得真好！接着女人就接过心怡的笛子，横到唇边，吹起来。女人吹的也是邓丽君的《甜蜜蜜》，但比心怡要吹得好。

女人不吹了，可心怡还陶醉在笛声里。

女人碰碰心怡，女人说，想什么呢？心怡像是从梦里醒过来，突然跪到女人面前，心怡说，我要拜你为师！女人扶起心怡。女人没有明确表态，只是说，以后的这个时间，你来这儿。

心怡重重地点点头。

之后，放晚学的时候，心怡就来这片小竹林。

还是吹邓丽君的《甜蜜蜜》，只是每吹一遍后，女人都要点评。有时，女人也把过笛子，吹。

　　心怡觉得女人的点评独到、精辟，受益匪浅。

　　心怡问女人，老师，你是音乐学院的吧？

　　女人没回答，只是笑。

　　心怡便不再问了，但在心里，心怡认为女人就是音乐学院的。

　　时间，拐过一条小小胡同的记忆，转眼间，高考过去快两个月了，在家等"大学录取通知书"的心怡，心情特别焦急。

　　这天，心怡正在院子里吹笛子，老师，还有那个女人走进来。

　　心怡被音乐学院录取了。

　　心怡那个高兴呀，搂着女人呜呜哭起来，还说，要不是你，我考不上啊！女人抹去心怡脸上的泪水，指指老师，说你真正要感谢的，还是他啊！

　　心怡懵了，心说，我才不感谢他呢，就是他不让我吹笛。

　　见心怡这样，女人只好交底了，女人说，其实，我是他请来教你的哇。

　　原来……

● 爷爷的诊所

爷爷弥留两天后，突然清醒过来。

爷爷拉过我的手，放到床边。爷爷说，孙儿，爷爷有话跟你说呢。我说，爷爷，你说，孙儿听着呢！

爷爷的目光在我脸上走过后，说：

爷爷从日本留学回来后，本来可以在城里开家诊所，可爷爷没有。爷爷把诊所开在戴家湾。当时你奶奶也不情愿，后来见诊所病人多，口碑好，你奶奶也就没说什么了。

其实，爷爷何尝不想把诊所开在城里呢？

爷爷那样选择，是有苦衷啊！

爷爷在日本读书时，认识了一个叫梅川枝子的女孩，那时候，日本正在为发动侵华战争做准备。

爷爷反对战争，梅川枝子也是。就这样，爷爷与梅川枝子便走近了。

梅川枝子家住北海道，父亲是军队的一名大佐。她父亲听说了我们的事，很是恼火，将梅川枝子转了学校。

那时候，战争的硝烟已开始弥漫。

爷爷决定回国救死扶伤。

爷爷回国后，潜意识里，觉得梅川枝子会找到中国来，所以诊所就没敢在城里开。

没想到，梅川枝子做了军医后，还是随侵华的部队来到中国。更凑巧的是梅川枝子所在的部队，有一天竟然开进了戴家湾。

那天，日头挂在天上，泻着毒毒的火。

梅川枝子尾在一名日军少佐身后，走入诊所。见我，梅川枝子的泪水哗啦如决堤的洪水，咆哮奔出。

你奶奶知道爷爷与梅川枝子的事情后，闹了一段时间，后来，你奶奶同意爷爷娶梅川枝子做小，可爷爷没有同意。梅川枝子知道爷爷的态度后，对爷爷，并没有失望。

那个少佐，见爷爷医术高，派了两个日本兵，守在诊所，不让爷爷给湾里的乡亲看病。梅川枝子知道后，出了个点子，把他们的军医拉过来，合在一块。条件是，湾里的乡亲，也可以看病。

但乡亲们再不来爷爷的诊所了。

还有人放出话来，说锄奸队早晚是会要了爷爷的命。

爷爷不怕，爷爷没做亏心事。

那时候，梅川枝子对他们军队的暴行，认识的越来越清楚。不知是出于什么样的考虑，爷爷记得，那天的梅川枝子好像特别激动。梅川枝子说，我们不能再这样救治战争的刽子手了，我们救治得越多，你们中国人的灾难就越大。当天晚上，爷爷支走了你奶奶，一把火，烧了诊所。

望着漫天大火，爷爷，还有梅川枝子，躲到后山。后来大火熄灭了，日本鬼子没有见到爷爷和梅川枝子的尸体，开始在附近搜查。

爷爷与梅川枝子决心不再给鬼子卖命了，躲着，希望能见到戴家湾游击队的人。爷爷，还有梅川枝子，都知道游击队需要我们。等啊，等。没有等到游击队的人，倒是等来了搜山的鬼子。

爷爷和梅川枝子被鬼子发现了，跑。鬼子开枪了。爷爷受了伤，梅川枝子她……

爷爷这样说着时，泪水汩汩地淌。

爷爷拍拍我的手，说，孙儿，爷爷走后，逢年过节，别忘了给你梅川枝子奶奶的坟头添些纸钱。

我说，爷爷，你会好起来的。

爷爷笑笑，只是那泪水，还在汩汩地淌着。

• 离开你，我干吗

刚出站口，女人走过来。女人很胖，矮墩。我看着女人，觉得面熟。女人见我看她，有些腼腆，但还是扯住我的衣角，声音很小地问："先生，住店吗？"

我说："住啊。"

女人来了兴致："那就住我们店吧，我们店面朝大海，设施齐全，价格合理……"女人像小学生背课文一样。

我说："那就住吧。"

女人油黑的脸膛掠过一缕薄笑，粗糙的手指离开我的衣角。女人前面带路，拐弯的地方，会回过头来，看看我。有几次，还要帮我拎皮箱。我没让。

这样默默走了一阵，女人问："先生来连云港，是旅游吧？"

"不是。"

"那是做什么呢？"

"笔会。"

女人油黑的脸膛闪过一抹灿烂，像是想说什么，嘴唇动了下，没说。

宾馆到了。

女人把我领进房间，转身走了。

我躺在床上，脑海里晃着女人的影子。晃来晃去，小真便出现了。十五年前，那时候我的文章到处飞，读者来信也多。有一封信，很特别，信封右下角，没地址，只写着"内详"，邮戳是江苏连云港。我纳闷了，那地方没熟人，会是谁呢？打开，里面是用红蜡纸叠着的一颗又一颗"心"形纸片，每颗纸片都写着"忠实读者小真"。感动啊。后来，趁去连云港出差的机会，我约了小真。小真个子不高，瘦瘦的，很精神，正念大二。当我站在她面前时，她那种集惊讶羞涩尴尬于一脸的样子，至今记忆犹新……

有轻轻的开门声。

女人走进来，怀抱新被，来到床边，声音很轻："先生，给你换床新被。"

我爬起来，坐到沙发上，看女人把新被铺好，睡枕摆好，抱着原先的被子出去了。

看着女人离去的背影，小真又出现了。那是黄海边的一个小餐馆，小真要了一碟螃蟹、一碟油炸海鱼，我们边吃边谈论着小说创作。当时，小真已发表过几篇小说，创作热情高，兴致处，还拿出刚写的小说让我修改……

又是轻轻的开门声。

女人走进来，手拿"连云港市旅游地图"，放下后，就离开了。

那天用过餐后，我与小真上了花果山。在吴承恩写《西游记》的砚石边，我们坐下来。看着那篇叫《离开你，我干吗》的小说，我们讨论开了。有分歧，谁也说服不了谁时，小真指指吴承恩的石像，调皮地说："听吴老师的……"

我坐在沙发上，努力地回忆着。不知从什么时候开始，我把当年的那个小真，那个崇拜文学的青年，与这个女人联系起来了。越想越像，越联系越密切。我在心里骂着自己，骂自己乱联系。

门又轻轻地开了。

女人手捧菊花茶，走进来。女人把菊花茶放在沙发边的茶几上，正准备离开时，我突然冒了句"离开你，我干吗"。女人的身体明显地抖了下，转过身，作困惑状，还说："先生，你说什么？""一篇小说的题目。"我盯着女人，看女人的反应。女人轻轻舒口气，声若蚊蝇。女人说："你们文化人，真有意思。"

女人出去了。

我待在那儿，仔细地检修着我的思维逻辑。

翌日，我去前台结账，服务员说账已经让田小真结了。我这才记起，小真原来姓田。我问服务员，田小真在哪儿。服务员递过来几页纸，说田小真辞职了，让我把这个交给你。

我展开那几页让岁月熏烤变黄的纸，正是当年那篇"离开你，我干吗"的小说手稿，我知道女人真的就是小真了。只是，我不明白，当我认出她时，她为什么要否认呢？

我百思不解。

• 胜利者

夜色，泼墨一般。

摩托车的灯光把夜幔撕了道口子，伴着轰轰的响声，震得连绵的山峦睁着眼睛。

盘山道上，女孩白嫩的肌肤粘着车身，双手攥着车把，疯狂地跑。蒙面人紧紧咬着女孩，也疯狂地跑。

女孩心里明白，只有拼命地跑，才可能摆脱蒙面人的追杀。只是，这蒙面人为什么要追杀自己呢，女孩百思不解。

蒙面人好像在喊话。

具体喊些什么，女孩没有听清。女孩也不愿听。逃命要紧，女孩心想。

但蒙面人喊话的声波撞到山体后复又弹进了女孩的耳里：杨痒痒，你爱谁不行呀，非要去爱温臭臭，你难道就不知道温臭臭在和董事长的千金——

女孩听明白了。

女孩更加疯狂地跑起来。

女孩想，只要逃过这一劫，一定去公安局报案，告她王盈盈。

但，女孩没有机会了。

女孩稍一走神，摩托车摔下崖去，轰隆一声巨响，接着有一股火光蹿上夜空。

蒙面人停了摩托，站在崖边，像是确定女孩死亡后，才开车离去。

夜色，仍泼墨一般。刚刚睁着眼睛的山峦，也慢慢合上眼皮。

夜，万籁俱寂。

只是，王盈盈的世界除外。

王盈盈屋里的灯还在亮着，电视也还在开着。听到敲门声，王盈盈有些急不可耐。那人还没坐下，王盈盈就急忙问，怎么样？

那人摊出双手，做出要钱的样子。

王盈盈明白了，知道事情办得很顺，俊俏的脸蛋越发地美艳可人了。王盈盈迈着碎步，给那人冲了杯"咖啡"，媚笑着捧给那人。那人接了，边喝边讲述着，一脸得意。

王盈盈仍媚笑着，听得很认真。

那人突然不讲了，脸色狰狞着。

那人向王盈盈扑过去，王盈盈躲开。那人摔到地上，那人说，王盈盈，阴曹地府我也不饶你。那人还说……

翌日，王盈盈去了温臭臭租住的小屋，温臭臭还躺在被窝里，王盈盈一把拽起他来，还说，臭臭，搬我那住吧，这小屋，寒碜。

搬你那儿住？温臭臭一脸不屑，凭什么呀？

温臭臭步到窗前，推开窗子，窗外光秃秃的树枝上站着几只麻雀，冷风嗖嗖地跑过来，剜脸。

王盈盈凑过来，声音软软地说，臭臭，去我那儿吧，我房里开着空调呢！

温臭臭冷冷地笑笑，我也会有的。

你有？王盈盈眼里装着不屑，谁给你呀？

你呀。温臭臭盯着王盈盈，语气坚决。

我……

这时，杨痒痒从外面走进来，盯着王盈盈，眼里喷着火。王盈盈"啊"的一声，嘴唇惊作"O"状。王盈盈说，你……

杨痒痒上齿陷进下唇里，一字一顿地说，我没死，我从摩托车上跳下来啦，哈哈哈哈。笑声在小屋里炸响。

怎么样？温臭臭过去拥住杨痒痒，目光怪怪地看着王盈盈，盈盈，虽然我的痒痒安然无恙，可那位蒙面人——

温臭臭故意拖着长腔。

五百万。温臭臭报出价。

其实，你也知道，我们不可能。温臭臭补充说。

● 邂逅

　　她背着牛仔包走出车站，望着熙来攘往的人流，一脸茫然。在一棵榕树下，她把牛仔包卸下来，一屁股坐到地上。

　　她打开牛仔包，包里有馒头，还有矿泉水。啃着馒头，喝着矿泉水，她眼角便流出泪花来。她狠劲地抹着，可那泪花竟然聚拢起来，排出一条小溪。她不再抹了。她知道，抹也没用。

　　日头在天空悬着。

　　她脑海里，全是女儿的影子。女儿念初中了，只有周六才回家一趟。这会儿，女儿是该回家了吧！她想象着女儿回家后，他该跟女儿说些什么。她掏出手机，手机像是睡着了一样。她知道，女儿准是相信了他的话。她想打女儿手机，可她没有。既然出来了……

　　她决绝地站起来，向远处走去。先找个工作，她想。

　　"欣媛，怎么会是你？"

听到声音，她站住，望着走过来的男人，她赶忙抹着眼角。"这日光真是太晃眼了！"她解释着。其实，是怕闻拓看见她在流泪。以前，和闻拓在一起的日子，闻拓就总是笑话她爱哭鼻子。

"闻拓，你怎么会在这儿？"她下意识地仰起脸，像是在承受往日那种甜蜜的吻。但是，她忘记了，那应该是十几年以前的事了。那时候，她和闻拓，被爱包裹着，被幸福围绕着。只是没有想到，后来两人怎么就闹矛盾了，吵闹，和好，再吵闹，再和好。最后，她说，我们离吧！本来是句赌气话，没想到，闻拓真的与她离了。

"我就住在这个城市。"闻拓站在她面前，打量着她。她瘦了，也显得老了。

"哦，"她脸颊闪过一丝欣喜，"你还好吧？"

"挺好，"闻拓内心浸着酸楚，但嘴上，还是说，"我在公司干上部门经理了，妻子也在公司上班。"

"那好……"她说，"看来，你很幸福哇，有孩子吗？"

"有，"闻拓脸上挂着自豪，"一男一女，都念初中了呢！"

"哦。"她还想说些什么，嘴巴动了动，没说。就那么愣愣地站着。

日头在天空悬着。

从他们身边走过去的人，不时地回过头来。

"你，还好吧？"闻拓问她。

"好，"她有些炫耀，"老公自己开着公司，女儿也念初三了。"

"那好……"闻拓说，"看来，你也很幸福哇。"

"是啊，"她戳戳鼓鼓囊囊的牛仔包，显得有些得意，"这不，我正出来旅游呢，没想到在这儿碰上你……"

"是吗，"闻拓说，"你还是喜欢旅游呀！"

什么叫还喜欢呀，她在心里琢磨着这句话。明白他是在故意勾起她对往事的回忆。那样的青葱岁月里，他们演绎的爱情故事，现在想起来，真是令人艳羡。

"秉性吧，"她鼻子有点酸，"怕是改不掉了。"

闻拓看着她，不语。

日头仍在天空悬着。

她鼻梁上冒着汗珠，闻拓伸过手来，她本能地后退一步，她说："你还是喜欢动手动脚呀！"

闻拓笑笑。

她也笑，还说："我要走了呀。"嘴上这么说着，脚还是放在原来的地方。突然，闻拓抓着她手，"不到家坐坐？"她摇摇头。有一辆的士开过来，她摆摆手，那的士贴着她身边停下来。她弯腰进去。的士开动了。她看见他站在日光下，愣愣地看向她的方向。

她泪流满面了。

其实，她要是知道，闻拓自从与她离婚后，就一直单身着，她不定会哭成什么样子呢！

• 因为爱情

初夏的傍晚，太阳像被血浸泡过，挂在小院的竹叶上。

女人坐在院子里的竹椅上，小女孩绕着女人跑。小女孩五岁了，屁颠屁颠地跑着，不时地发出咯咯的声音来。

女人跟着笑。

男人也笑。

男人笑着时，就去捉小女孩。小女孩嚷着坏爸爸臭爸爸，直往女人怀里钻。女人拥着小女孩，满脸欢笑地看着男人。

有风翻过院墙跑进来，在竹林里放荡着。

这会儿，门铃响起来。

男人去开院门。

艳艳——男人喊着艳艳时，还不敢相信自己的眼睛，怎么是你呀？

艳艳没作声。

艳艳脸带着浅笑向女人走过来。

女人看着艳艳：红发，柳眉，耳坠金环，脖圈项链，似那湖中鲜花，更像那岸边嫩柳。女人好眼馋。

女人推开小女孩。

女人站起来，说，你是……

艳艳忽地捉了女人的手，扑闪着大眼睛打量她，还说，真漂亮哇！

女人有些不好意思。

女人说，你是……

男人走过来，男人看着艳艳告诉女人，是同学艳艳。

女人心里咯噔下，但脸色还是灿烂的。女人给艳艳让座，还沏了茶。接着两人便唠开了。

小女孩依然在院子里疯。

太阳仍像是被血浸泡着，只是，开始从竹叶上撤退了。唯有那风，依旧还在竹林里放荡着。

艳艳捉过小女孩，抱在怀里，媚眼瞟着男人。女人见了，心里又是咯噔下，女人接过小女孩，说，走吧，吃饭去。

艳艳的劳斯莱斯就停在院门外。

女人不坐，女人说前街就是小吃店，不用坐车，但小女孩不愿意，女人只好坐进去。

劳斯莱斯跑起来，经过前街的小吃店时并没有停。两边的树木在眼前一晃，就没了。小女孩高兴，拍着小手，雀跃着。

女人说，停车呀，艳艳。

艳艳不作声，继续开。后来在"上岛"停下来。

女人心里又咯噔一下，女人知道，"上岛"是这座小城最高档的酒楼，艳艳葫芦里卖啥药哇。女人思索着。

但女人还是硬着头皮上去了。

坐在富丽堂皇的包间里，女人觉得，艳艳在喧宾夺主，好几次，她想打断艳艳，包括点菜，要红酒，可就是没勇气。艳艳点的那菜名，还有那叫拉菲的红酒，她听都没听说过。

女人觉得她是一条鱼，被艳艳放在刀板上。

后来，在举杯时，在艳艳的媚眼里，在男人的坏笑里，在女儿的童真里，女人还是觉得自己就是一条被人放在刀板上的鱼。

夜晚躺在床上，看着窗外挂在树枝上的月亮，女人说，你那同学是来显摆的吧！

男人没作声。

女人说，怎么不说话呀？

男人说，没什么可说的。

女人说，噢，这就和我没什么可说的啦。

男人说，你这什么话。

女人说，你说什么话，你那同学可是款儿，一顿饭能花一万多，要我，也会动心的。

男人说，怎么能这么说人家，人家花钱请俺，还有错啦。

女人说，就有错。

女人这样说过后，就侧过身去，望着月色透过窗洞在地板上勾出的方格格，出神。

翌日，还在睡梦中，女儿跑过来。

小女孩捏着女人的鼻尖，学着女人平时对付自己的腔调：小懒虫，太阳晒屁股啦！

女人醒来。

女人看着女儿，说，乖乖，你起早啦。

小女孩说，嗯。还说，艳艳阿姨在外面等着呢！

女人脸色立时阴起来，女人说，去告诉她，我们不去啦。

小女孩"哇"地哭起来，摇着女人的手，喊道，去，就是去嘛！

女人没辙了。

女人坐在劳斯莱斯里，心里还很不是滋味。

后来站在泰山的玉皇顶上，看着云雾在腿肚边缭绕，女人心情才好些。
女人说，呵呵，真的是一览众山小呢！

男人说，是呢！

艳艳媚眼瞟着男人，秋波汩汩地淌。

男人似被电着了，肢体语言丰富起来。

女人见了，嘴里像含了块坏骨头，恶心要命。

太阳快落山的时候，女人一家回到小院。坐在院子里的竹椅上，女人
眼窝里淌出清泪来。小女孩瞪大着惶恐的眼睛看着女人，还说，妈妈，你
怎么了？

女人没作声，任那清泪静静地流。

• 作家与女孩

　　作家坐在河滩上，女孩走过来。

　　作家说，你好啊？

　　女孩没作声。

　　作家怕女孩没听见，就又说，你好啊？

　　女孩还是没作声。

　　作家这会知道女孩是故意不理自己了，面子上过不去，干脆站起来，堵到女孩面前。作家说，你好啊？

　　女孩这会儿抬起头，女孩刚刚是低着头走路的。女孩抬起头，作家便看到了女孩眼角挂着的泪珠。作家声音轻下来，作家说，怎么了？

　　女孩还是没作声。

　　作家见女孩忧伤的样子，便让了路。

　　女孩走过去。

作家觉得女孩怪怪的，就也跟过去。

女孩突然转过身，说，跟着我干吗？

作家觉得女孩不光怪，还有些不近人情。作家站住了。

作家最近在写一部小说，里面有一个艳遇的情节，虽然这情节太大众了，但作家还是希望能写出些新意来。作家希望与女孩能有故事，只是女孩的态度，让作家失望了。

这天，作家坐在公园的椅子上。

女孩走过来。

作家虽然只见过女孩一面，但女孩从远处往这边走时，作家就认出了。女孩眼角还是挂着泪珠，一脸忧伤的样子。

作家看着女孩，没作声。

女孩从作家面前走过去。

作家站起来，跟着女孩。

女孩突然转过身，说，跟着我干吗？

作家说，我们见过面，不认识了？

女孩没作声，默默地走。

作家站住了。

作家望着女孩的背影，仿佛还听到了幽幽地啜泣声。

作家想赶上去，劝劝女孩。作家没有。作家知道，女孩不会把心里的苦楚说出来。

作家回到书房，坐到电脑前，敲着键盘，女孩的影子就在眼前晃开了。作家想把与女孩的见面写成一次艳遇，作家是编故事的高手，可这一次，作家真的不知道该怎么往下编了。

作家眼前，总是晃着那个眼角挂着泪珠，一脸忧伤的女孩。作家觉得，这个艳遇的故事，只有女孩自己去写了。

后来，在超市电梯的转角处，作家走出电梯，就看到了女孩。女孩坐在旁边的椅子上，好像在数着从电梯里出来的人。

作家从女孩面前经过时，停下了。作家看着女孩，女孩眼角还是挂着泪珠，一脸忧伤的样子。

作家说，我们又见面了。

女孩没作声。

• 点开日志

　　欣莲看了会电视，觉得没啥意思，就把电视关了。

　　欣莲踱到窗前。一只小鸟，蹲在窗前的榕树枝上，缩着脖颈，茫然地看着远方，样子悲苦孤寂。欣莲想，她就是那只小鸟呢！欣莲这样想着时，思绪就开始往往事上附。欣莲清晰记得，三年前管子的那次探家。当时，欣莲正蹲在小河边的石条上洗衣服，河水轻轻地响，微风柔柔地拂，欣莲哼着《洗衣歌》：

　　呃
　　是谁帮咱们翻了身呃
　　是谁帮咱们得解放呃
　　是亲人解放军
　　是救星共产党

呷拉羊卓若呷拉羊卓若桑呃

军民本是一家人

······

欣莲正唱得起劲，管子从后面贴过来，捂住了她的眼睛。欣莲那个惧呀，呼救的声音都颤颤地。管子哈哈笑起来。管子说，老婆——

管子还想说什么，可嘴巴已让欣莲堵上了。

欣莲眼睛看着窗外，那只小鸟，像是觅到什么知音，扑一声飞走了。目视着小鸟飞去的方向，欣莲觉得她嘴里还残存着管子的味道。

那时候，管子待她多好啊！

"欣莲，坐好。"管子端着一盆温水。

"干啥嘛！"欣莲明知故问。

管子不作声，只是把她的小脚按进水盆里，轻轻地搓，轻轻地洗，而后，把她捧到床上，揉进怀里。

她戳着他坚实的胸脯，嗔道，哪儿像个营长噢！

他一本正经，说，报告老婆，我这个营长，在部队是为士兵服务，在家嘛，就是为老婆服务。

她咯咯笑起来。

欣莲离开窗子，一屁股坐到沙发上。变了？欣莲想，她来部队三天了，还没有见到他的影子，是真的很忙吗？

欣莲又从沙发上爬起来。踱步，再踱步。欣莲忽地笑起来。想想踱步的样子，真像他。笑过后，欣莲心情好了些。

欣莲坐到电脑前。打开电脑，他的QQ却自动登录了。欣莲清楚，这是他设置的。出于好奇，或者说闲着无聊，欣莲点开了他的日志。看着看着，欣莲就泪眼汪汪了。

　　你才离开几天，我就有些挺不住了。在一起的日子，我们一
块工作学习，感觉生活是那么的甜蜜和幸福。现在，你离开了，
让我觉得太阳好像不再绚丽了，月亮好像不再明媚了。夜晚查哨
归来，独自躺在床上，望着空蒙的夜色，脑子里全是你的影子……

　　欣莲的心似让刀剐着了，揪心地疼。泪水，更是不听话地流出来。欣
莲抬手抹了下，那泪水仿佛决堤的洪流，奔腾咆哮起来。

　　昨夜，梦见你站在我面前，像以前一样，健康而阳光，我们
抱在一起，感觉着彼此的心跳。醒来后，才知是南柯一梦。没有
你的日子，我真的觉得像失去了什么……

　　这都离不开了！欣莲在心里说，怪不得来这儿三天了，还没见到人呢，
明明是晾我嘛，有什么了不起啊！谁离开谁还会死了不成？欣莲狠劲抹了
把眼泪。

　　欣莲明天过来，我们都三年没聚了。可不知怎的，一想到我
和她在一起时，你孤孤单单的样子，我这心里就滴血。正好，副
营长探家回来了，我可以去看你了，现在，我就动身走……

　　管子，你还算有良心，还知道我要过来？欣莲啪地关上电脑。欣莲开
始收捡衣物，往旅行箱里装着衣物时，欣莲的眼泪又不听话了。欣莲拉着

旅行箱往外走时，碰上营长。

当时，营长正搀扶着一位受伤的军官从军车上下来，见到欣莲，营长好像并没注意到她手里拉着的旅行箱，营长喊，欣莲，过来帮帮忙！

欣莲犹豫下，但还是过去了。

欣莲，这是教导员孔子。营长看着孔子，你这家伙，害得我们夫妻都不能团圆。

孔子冲欣莲笑笑，好你个管子，重色轻友，我看你呀，陪我这三天，心也不在我这呀！说后，孔子目聚着欣莲，开玩笑说，嫂子，别和我争呀！

原来……

● 弯弯的月亮

遥远的夜空

有一个弯弯的月亮

弯弯的月亮下面

是那弯弯的小桥

……

　　歌声飘过来的时候，我正坐在阳台上慵懒地数着天空的星星。听到歌声，我精神起来。歌声圆润甜美，好似出浴女子口吐的兰香。我的脑细胞兴奋起来，纷纷跑来告诉我说，是一个窈窕淑女在唱歌呢！其实，它们就是不传递这样的信息，我也想象得到，能唱出这样甜美歌声的女子，不落雁沉鱼，也沉鱼落雁。

　　我心情好起来。

听歌声，是在西北方向。

我下了楼，循着歌声，向西北方向走去。

我想见见那个落雁沉鱼的女子。

脚下像是生了风，走了一段时间后，听那歌声，好像还在很远的地方。我停下来，站在一幢楼下，看见有一个人影晃过来。那人晃到我面前，凶凶的，那人说，你站这干吗？

我说，我是去见唱歌的女子。说后，我指指西北方向。歌声还在响着。

那人听了，脸色舒缓了些，那人说，还很远呢。

我说，很远是多远？

那人嘿嘿笑笑，走了。

我继续往前走，心想，就是一夜不睡，也要见到唱歌的女子。可是，走了一会，我呆住了。怎么走到自家的楼下来了？

歌声依旧。

我真想循着声音继续找，可我没有。

我回到楼上，坐在阳台上，听那女子唱歌，勾画着女子的形象。

翌日，坐到电脑前，那个唱歌的女子在眼前晃来晃去。我手按键盘，就是敲不出整句的话来。我知道，是女子驻进心里了。我等着夜幕拉开，希冀夜幕下，女子的歌声飘过来。可是，一连几天，歌声都没有出现。

渐渐地，我忘却了那女子。

这天，我正写作，歌声突然又飘过来：

遥远的夜空

有一个弯弯的月亮

弯弯的月亮下面

是那弯弯的小桥

……

如久旱逢甘霖，我关上电脑，循着歌声飘来的方向，走去。

脚下像生了风，这样走了一段路程，可听那歌声，好像还在很远的地方，我停下来，站在一幢楼下，看见有一个人走过来。那人走到我面前，凶凶的，那人说，怎么还是你？

我说，我是去见唱歌的女子。说后，指指西北方向。歌声还在响着。

那人听了，脸色舒缓了些，那人说，还很远呢。

我说，很远是多远？

那人嘿嘿笑笑，走了。

我望着那人的背影，狠劲啐口吐沫，暗暗发誓，一定找到女子。

我继续往前走。

但我还是没有找到女子。

女子的歌声停下了，我站在路口，不知往哪里走好。我站在那儿，等女子的歌声，可等了足足两个钟头，也没有歌声响起来。

我只好返回。

我坐到电脑前，敲着键盘，可敲出的文字，又让删除了。

我知道，是那个唱歌的女子捣的鬼。

连续多天，我一篇文章也没有写出，我害怕了。我是靠稿费生活的人，写不出文章，我清楚意味着什么。

我决心找到那个唱歌的女子。

我坐在阳台上，眯缝着眼，看似很悠闲的样子，其实，是在等那歌声响起。只是，又是好多天过去了，那歌声，还没有响。

我等不及了。

我跑到外面，大致方向还是知道的，我在那个方向转悠。

我又转到那幢楼下，看见那个人走过来。那人走到我面前，凶凶的，那人说，还在找她？

我说，是啊！

那人抬手指了指，说，喏，她过来了。

顺着那人手指的方向，我看见一个黑粗的女子走过来，女子走到我面前，眨动着小眼睛看着我，说，找我啥子事啊？

说实在的，女子与我的想象出入太大了。我脑子转不过弯，愣着，竟说不出话来。

女子见我不作声，乜我一眼，走了。

女子边走边唱：

遥远的夜空
有一个弯弯的月亮
弯弯的月亮下面
是那弯弯的小桥
……

我站在那儿，听着女子的歌声，心里很不是味。我干吗非要去寻找她呢？如果我不去寻找，如果我没有见到她，那个落雁沉鱼的女子，不是永驻心底吗？

你好阴毒

巴根趴在地上，双手抱着野草的右脚。巴根说，老婆，别离开，好吗？

野草的左脚已迈出门槛了，只是那右脚，让巴根抱住了。野草狠劲地拽了几次，也没有拽出来。野草急了，野草把头往门柱上撞，还喊，再不松手，撞死给你看。

巴根没辙了。目视着野草走出去，溶进外面的雨帘里。后来望断野草的背影了，巴根这才爬起来。

巴根卧在沙发里，灌着白酒，就那么稀里糊涂地睡着。

一天，又一天。巴根最终还是想明白了。

巴根人倜傥，才华横溢，不愁没有女孩喜欢。

很快，巴根便与一个女孩认识了。女孩花容月貌，是被众星捧月的那种。两人走在一起，那形象，那气质，简直绝配。可就在人们非常看好两人的时候，两人分手了。

人们愕然。

有人问巴根，好好的，怎么说分就分了呢？

还问，是女孩不好吗？

巴根说，不是女孩不好，是我心里只有野草。

也有人劝巴根，说野草那么绝情，忘掉吧！

巴根说，忘不掉。

巴根这样说着时，便泪流满面了。

那时候，野花注意到巴根。

野花是公司老总的千斤，落雁沉鱼，好多年轻人，都在打着她的主意，发动的攻势，非常有杀伤力。其中 S 公司老总的儿子，英国剑桥高才生，海归协助父亲打理公司。这人痴情野花，竟相思出病，中药西药，皆不祛病。无奈，那海归的父亲，求到野花面前，野花也没理睬。

可谁能料到，野花居然看上了巴根。

这天，巴根下班，正走着，一辆劳斯莱斯贴着身边停下来。野花摇下车窗，笑容可掬地看着巴根，说，上来呀？

坐在副驾上，看路边的树叶在眼前晃过，巴根的脸，也灿烂了。

那天，两人坐在休闲山庄的雅座里，喝着拿破仑，都说了很多的话。分手时，野花控制不住了，野花扑到巴根怀里，喃喃着说，巴根，娶我好吗？

巴根轻轻移开野花，巴根说，我心里只有野草。

野花说，野草对你那么绝情，忘掉吧！

巴根还是说，我心里只有野草。

野花不作声了。

后来野花把巴根的事给野草讲了。野草很感动，约了巴根。见了巴根，野草就哭了，很恸的那种，肩头一耸一耸的。野草说，巴根，是我不好。

巴根说，是我不好。

野草说，别争了，是我不好。

巴根仍说，是我不好。

野草哭声更响了，还打自己好几个耳光。

野草扑到巴根怀里，狠劲抹去脸上的泪，泪眼汪汪地看着巴根，愧疚地说，老公，还要我好吗？

巴根摇摇头。

野草说，不能原谅我？

巴根说，不是。

还说，看得出，你与那人生活幸福，世界上，有一种爱，是要牺牲自己的。

野草听了，泪，又吧嗒吧嗒砸到地上。

一次，与巴根聚，酒酣，巴根讲了野草要回到他身边的事。我听了，很高兴，说，好事呀。

巴根却诡秘起来。

巴根说，戴，当我真是放不下她啊。

还说，我那样做，只是想让她心藏愧疚，让她情感纠结，让她备受折磨，让她……

我瞪大着眼睛读着巴根，像是在审视星外来客，嘴角扯动着。

我说，你好阴毒！

● 亲事

头顶，那几粒星星，在瞄着欣灵。

欣灵纤细的身子摇晃着，有狗吠声，在身边狂响。

不远处，谁家屋子的门缝，挤出几丝光亮。

欣灵朝着那光亮的地方，晃去。

听见门外有响动，女人关了灯，小声对男人说，外面有人。男人"嗯"了声，轻手轻脚往门边摸去，女人也跟上来。

渴，渴——

男人说，是个女的？

女人点点头。

男人开了灯，也开了门。

欣灵躺在门前的地上，头发乱糟糟的，衣服上溅着秽物，扑鼻的酒气逼过来。女人说，这姑娘，怎么醉成这样？

男人说，少见。

女人扶起欣灵，由男人帮着，架到沙发上。

欣灵躺在沙发上，还在说，渴，渴——

女人给欣灵喝了水，又用热毛巾把欣灵的脸擦了。女人说，姑娘，哪村的？

欣灵不作声。

男人说，姑娘是醉着呢。

女人说，姑娘，告诉俺哪村的，俺好去通知你爹你娘啊。

欣灵还是不作声。

男人说，看来，姑娘是醉得不轻呢。

女人说，那咋办，还能让她在这睡一夜？

欣灵突然说，俺要跟大成睡，大成，别走唯……

大成是谁？女人问。

大成？欣灵像是想起来什么，说，不，俺不跟大成睡，俺要跟毛蛋睡，俺要跟铁锤睡，俺要跟……

女人的脸上漫出不屑来。男人的脸色也冷冷的。真是看不出啊！女人嘀咕句，转身进内屋拿了被单出来，盖到欣灵身上。

男人和女人，躺到床上了，还在谈论着睡在外屋沙发上的姑娘。

后来，酒醒了。欣灵爬起来，轻轻开了门。

头顶，那几粒星星，又瞄上了欣灵。只是这会儿，欣灵立在暮色里，那纤细的身子，不再摇晃了。

翌晨，爹扫院子的沙沙声，吵醒欣灵。

娘熬好稀饭后，也来到院子里。

娘说，闺女还不同意呢，你自作主张？

爹扫院子的沙沙声更响了，爹说，这个家，俺说了算。

娘说，闺女倔，要是倔下去，咋办？

爹的声音高起来，爹说，她敢！

娘知道爹的话是冲着闺女的，扯了扯爹，低声说，他爹，西坡子那人家，家庭是不错，可闺女……

爹的声音也低了。爹说，人家上午就过来看人，现在还说这话，有用吗？

娘说，也是。

阳光从窗格里钻进来，在地上映出一个个小方块。欣灵盯着那些小方块，看着看着，睡意就又上来了。迷迷糊糊中，听见娘走过来。娘在床边站住了，弯下身，声音很小地说，闺女，该起床了。还说，西坡子那人家，来人了。

欣灵咕咚坐起来，揉着眼，说，娘，你说啥？

西坡子那人家，来人了。娘一脸讨好，闺女，过去见见吧！

欣灵嘟着嘴，十分不情愿，但还是去客厅了。

爹，还有西坡子来的男人和女人，在客厅叙着话。

见欣灵进来了，爹脸上堆着笑，刚想说些什么，见西坡子那来人，看着闺女，惊愕的样子，便不作声了。

男人说，这不是昨晚那姑娘吗？

女人说，不是她还能是谁？

女人这样说过后，拽起男人，就往外走。

爹懵了，愣在那儿。男人女人走远了，爹才回过神来。爹说，什么人呀！还说，俺闺女，还看不上你们呢！啊呸——

这天晚上，欣灵与大成，又黏在一起了。

大成说，昨晚那招，怎么样？

欣灵说，损。

说段往事

第五辑

• 爷爷死因的几个版本

连绵的山峦，奶奶的房子就藏在这山峦里。常常，奶奶坐在房前的墙根下，目光痴痴地凝视着不远处的坟墓。爷爷，就躺在那坟墓里。

爷爷是党的地下工作者，当然，奶奶也是。但爷爷的表面身份却是国民党驻守 N 城某师的作战参谋。解放军攻打 N 城，由于爷爷搞到了布防图，迫击炮弹准确无误地倾倒到敌人的火力点上，敌人乱了方阵，我军以零伤亡的战绩，拿下 N 城。可惜的是，爷爷没有看到。

关于爷爷的死，我问过奶奶，可奶奶始终没有给出答案。这让我对爷爷的死因产生了浓厚的兴趣，经过调查，爷爷的死因，我了解到一些，大体有这么几种可能。

其一，爷爷在敌营里被怀疑了，但他们苦于没有证据，故意露出破绽，让爷爷搞到了布防图，爷爷送布防图给联络人时，被敌人包围了，爷爷为掩护联络人撤离，诱开敌人，后来中弹牺牲了。

这个说法，我有两点疑义：第一，敌人既然怀疑爷爷，还会让爷爷拿到真的布防图吗？第二，假使布防图是真的，那么敌人是有备而来，会让联络人轻易跑掉？第三，即使联络人跑掉了，敌人应该知道布防图泄露意味着什么，难道他们还会不及时更改、调整？显然，这种说法经不起推敲。

其二，爷爷的身边还有一个人，这个人在爷爷的掩护下，搞到了布防图。出城的时候，被哨兵拦住。是爷爷呵退哨兵，让那人出了城。后来敌人发现了，追查下来，爷爷自然脱不了干系。爷爷被关起来。战斗打响后，看着解放军准确无误打过来的炮弹，敌师长恼羞成怒，开枪打死了爷爷。

这个说法，我同样有两处不懂：第一，以爷爷作战参谋的身份，送个人出城，还不是小菜一碟，何苦让那个人单独出城，引火烧身？第二，战斗打响了，解放军的炮弹准确无误地打过来，敌人乱了方阵，敌师长还会有时间去牢房打死被关的爷爷？显然，这种说法破绽百出。

其三，爷爷顺利地把布防图送过来了，可在开战的前一天，师长发现布防图不见了。师长知道事情严重，想重新部署，但时间已来不及了。情急之下，师长孤注一掷，欲炸掉 N 城，爷爷反对，被师长毙了。

这个说法，表面上可以成立，可我还是有些不解，那么大的一个城市，没有充分的时间准备，是想炸就炸的吗？何况，爷爷只是反对，师长就会把他毙了？要知道，爷爷可是作战参谋啊！

这天，阳光明媚得令人心醉。

奶奶的心情仿佛也好起来，褶皱的脸上码着浅浅的笑容。奶奶说，孙儿，没事干些正经事，别整天访这问那查你爷爷，再查，你爷爷还不是死了。我说，奶奶，爷爷是死了，可作为晚辈，不知道爷爷是怎么死的，心里不甘。奶奶的笑容僵在脸上，目光又痴痴地凝视着不远处的坟墓，嘴巴张了张，像是想说什么，没说。

后来，市里来人要移爷爷坟墓，说爷爷是为解放 N 城牺牲的，应进烈士陵园。奶奶不让。来人好话说了千千万，奶奶就是不松口。

奶奶仍坐在房前的墙根下，目光痴痴地凝视着不远处的坟墓。

忽一天，奶奶病倒了。

奶奶这一病，就没有再起来。弥留之际，奶奶把我叫到跟前。奶奶声音很小，但我还是听清楚了。奶奶说，孙儿，你爷爷其实是这样死的。奶奶接着说，那年，你爷爷搞到布防图，为防止意外，你爷爷复制了一份给我，他自己拿着一份出城，结果被师长发现了，从你爷爷鞋底夹层里搜出布防图，你爷爷被严刑拷打后，还是没有交代出同伙。师长把我叫去，那时候，我和你爷爷结婚还不到三个月。师长把一只勃朗宁手枪递给我，说，你们是夫妻，该不会一点也不知道吧！我想说知道，怎么会不知道。但我这样一说，那张复制的布防图谁送出去？忍着锥心的痛，我怒目圆睁，啪啪甩你爷爷几记耳光，骂他是骗子，愧对党国。而后我就嘶声痛哭。师长呵斥我，还抬起我手里握着的勃朗宁，我明白师长的意思，我瞄准你爷爷，开了枪。其实，我是准备调转枪口打死师长的，但就在这一刹，我看见了你爷爷求生的眼神，如果不打死他，他的叛变，不知会对 N 城地下组织造成多么大的损失，更不用说布防图了。

奶奶说到这里，慢慢挪过手来，摸着我的头，继续说，怕你访这问那查你爷爷，误了正事，奶奶这才把他的事告诉你。还说，你要好好做人，不要像你爷爷……

奶奶话还没完，就咽气了。

• 那年暑假

那年暑假，我闷在屋子里，像一只在灼热的沙地上爬行的蚂蚁，焦虑，烦躁。我是在等大学的录取通知书。可那家伙好像不愿出嫁的深院闺秀，让我望眼欲穿。终于，在一个阳光明媚的日子里，我耐不住了，拿起钓竿，走出屋子，稀里糊涂地走了十几里路，来到了这个地方。

这是一方池塘，青碧透亮的池水，有菱秧点缀，有蜻蜓翩舞。站在一棵柳下，我撒下鱼饵，接着将鱼钩顺进水里。

不远处，一块青石板伸进水中。青石板上，一个姑娘在洗衣服。姑娘弯着身，后背裸露的部分，在阳光的照耀下，晃眼的白。姑娘可能是怕影响我钓鱼，动作很轻很缓，静静的池面，微风漾起的小小涟漪声，依稀可闻。

我把钓竿插在池边，向姑娘走去。

我说，不影响你洗衣吧？

姑娘抬起脸，莞尔一笑，说，不呢！说完之后，姑娘低下头，继续洗衣。

只是，那动作，更轻更缓了。

我站会儿，回到柳下。手握钓竿，目光却总是往青石板上溜，往那晃眼的白上溜。心，怦怦跳，脸，辣辣热。

姑娘洗好衣后，直起身，冲我浅笑下，离开青石板。

姑娘婀娜的背影，拽走了我的眼球。姑娘就住在池塘的北头，门前的两棵梨树间连着一条绳子，姑娘在那绳子上晾衣服。晾好衣服后，姑娘走进了一扇木门。就是那扇破旧的木门，挡住了我的眼球。

我愣在柳下，手中的钓竿仿佛越来越沉。我知道，今天不是来钓鱼了，是为姑娘而来。我想到那扇破旧的木门里面去看看，看看姑娘在干什么。我这样想着，想着，就是不敢付诸行动。我骂自己懦夫，胆小鬼，伪君子。但无论怎么骂，还是没有勇气到那扇破旧的木门里去看看。

我犹豫着。

姑娘出来了，向这边走来。

我慌忙扭过脸，目光努力往鱼浮上聚。可无论怎样努力，我的目光，还是很不听话，还是往姑娘身上溜。

我看见姑娘走上青石板，蹲下身子，把一头黑发浸入池水里。

姑娘是来洗发的。

盯着姑娘裸露的后背，我有些不能自已，轻轻靠过去，正寻借口时，姑娘开口了。姑娘说，帮忙舀瓢水往头发上淋淋，好吗？我连忙说好。至于后来舀了多少瓢水，着实记不清了。是姑娘银铃般的笑声提醒了我。姑娘说，想浇死我哇！

我搓着手，不好意思地看着姑娘。

姑娘边用毛巾擦着头发边向那扇破旧的木门走去。姑娘又走进那扇破旧的木门。

我回到柳下，举起钓竿。直到现在，还没有见到鱼的影子，我不能就这样空手而归。

　　时间，从身边跑过。阳光从浓密的柳叶缝隙里筛下斑驳的碎片，池面上，翩舞的蜻蜓，好像也累了。我感觉到肚子的怒吼声越来越响。

　　姑娘走过来，手里端着热腾腾的饭菜。

　　姑娘来到我面前，把饭菜按到我手里。姑娘说，饿了吧？我点点头，接着狼吞虎咽起来。

　　姑娘站在一边，看着我，突然咯咯笑起来。

　　我嘴里噙着饭，问姑娘，笑什么？

　　姑娘不搭理，只是笑。我也笑。笑声里，我平息了肚子的怒吼声。我抹抹嘴，告诉姑娘说，一定要钓到鱼。姑娘不笑了。干吗一定要钓到鱼？姑娘不解。

　　我不作声，也只是笑。

　　姑娘扑闪着大眼睛读我一会后，突然转身，蹦跳着跑开了。我看见姑娘蹦跳时，旋起的蓝花褂子下，那片晃眼的白。我眼球粘在那片晃眼的白上，随着它，向那扇破旧的木门跑去。那扇可恶的木门啊，它又一次挡住了我的眼球。

　　我收回目光，目聚鱼浮，决心静下心来，好好钓鱼。吃了姑娘的饭菜，我在心里说，一定要钓好多多多的鱼送给姑娘。我想象着姑娘接鱼后的情景，她会不会邀我共进晚餐呢？这样想着，便觉得钓鱼的重要了。

　　太阳西斜，晚阳的碎渣渣斜在柳下。我还是没有见到鱼的影子。我只好收起鱼竿，还有十几里的路要走，不敢耽搁。

　　我要向姑娘道别，谢谢她的饭菜，并告诉她，明天，我还会来的。但我没有见到姑娘。我在那扇破旧的木门前站了很久，可那扇破旧的木门，却挂着一把铁锁。

第二天，我又来到这个地方。只是，一整天，都没有见到姑娘。

后来，我又来过几次，每一次，都没有见到姑娘。姑娘像从人间蒸发了一般，了无痕迹。我试图打听姑娘的下落，可我连姑娘的名儿都不知道。

再后来，我接到了大学录取通知书。报到的第三天，收到一封信。信上没有地址。拆开后，才知道是姑娘写的。姑娘在信上说，那晚我离开后，她一直跟踪到我家。说她知道我后来去过几次。说她明白我的意思。说她很感谢我。说我的爱，给了她生活的勇气。

原来，姑娘是个白血病患者。那扇破旧木门的房子，是废弃的屋子。姑娘是打算在那里走完人生时光的。

一张十元钞

　　放下电话，我犹豫了。去，还是不去呢？不去吧，张大刚房间都订了；去吧，可我真的不想见这个人。

　　那是许多年前的事了。一天，我正讲课，欣兰兰突然哭了，说是夹在书本里的一张十元钞不见了。十元的票子呀，我一个月的工资才七十元！我知道这些钱对于欣兰兰来说意味着什么，况且，还有一个月就高考了呢。

　　我走到欣兰兰面前，好说歹劝，欣兰兰算是不哭了。

　　放学的时候，我喊住欣兰兰，从抽屉里拿出张十元钞递给她，我说，既然拿钱的同学主动退出来了，也就没必要再追究了，这事要是声张了，学校追究下来，这位同学可就没资格参加高考了。欣兰兰点点头，表示理解。

　　欣兰兰离开后，我趴在办公桌上，过滤着班里的学生，张大刚的嫌疑越来越大。可张大刚学习那么优秀，怎么能因为这件事，毁他前程呢。隐瞒吧，又觉得不妥，政府花钱培养这样的人，有什么用啊！思来想去，还是决定找张大刚谈谈，当然啦，垫付的那张十元钞，心也疼着呢。

还没机会找张大刚谈，一张十元钞忽地冒出来了。

早晨开门，发现一张十元钞躺在地上，显然是有人从门缝里塞进来的。我捡起来，给它一个飞吻后，装进衣兜。那一刻，我心情好多了。在我看来，张大刚能主动退钱，说明他认识到错误了。是好事啊。

此后的日子，我再也没提那钱的事，我是怕影响学生学习啊！可是，张大刚的突然到来，让我措手不及。

那天晚上，我刚回到住所，张大刚就跟来了，举着张十元钞，脸色红红地说，老师，我错了，我以后再也不犯了。

后来张大刚还说了些什么，他是什么时候离开的，我全然不知。我怔在那儿，脑海里不停地闪着问号。原来，那钱不是张大刚退的，那么，那个人是谁呢？他为什么要这样做呢？我如坠云雾。

直到高考结束、张大刚考进名牌大学，我才知晓答案。

那天，在菜市场买菜，见到卖菜的王大明，我劝他说，你基础好，又不偏科，应该复读再考。王大明冲我笑笑，说老师，我做梦都想着上大学呢，可俺家条件不允许啊，俺娘常年躺在床上，俺爹前几天进山挖草药，摔折了腿，俺……王大明哽咽起来。

见王大明这样，我心里也十分难受。我劝王大明，我说，张大刚家境也不好，可人家扛过来了，考上了名牌大学。

王大明止住哽咽。

王大明说，老师，甭提张大刚，他考得再好，俺也不眼馋。还说，要不是俺，他考上考不上，还说不定呢。

这是怎么回事？

老师，你没忘吧，欣兰兰丢的钱，同学们都认定是张大刚偷的，一个个看他那眼神，比刀子剜着还疼。眼见张大刚没心思学习了，俺觉得这样毁了他，不公，就偷偷往老师屋里塞了张十元钞。俺这样做，是想让老师别提这事了，让同学们淡忘掉，让张大刚心思搁在学习上。

原来……

快下班的时候，欣兰兰打来电话，说她和张大刚已到了，在等着呢。我犹豫会儿，但还是去了。

还没坐下，我就说，张大刚，给王大明打电话，让他过来。

张大刚扶我坐下，贫嘴，老师就是偏着王大明。

就偏着了，我欠了欠屁股，打不打？

打。张大刚掏出手机。

我又说，别打了，你开车去接。

好，开车去接。张大刚走出去。

张大刚现在是市委副书记了，很有身份的。见他果真去接王大明，我这心里又有些不踏实了。

欣兰兰看出了我的心思，走过来给我续了茶水，看着我说，老师，张大刚和王大明，现在好着呢，在张大刚的帮扶下，王大明的蔬菜种植基地有上千亩了呢。老师，张大刚这人掂着王大明的好呢！

这么说，我呷口茶水，你知道……

欣兰兰忙接过话说，老师，其实我根本就没有丢钱。

什么？你说什么？

老师，我只是觉得那种学习气氛，太紧张了，想制造些事情，转移下同学们的视线，轻松轻松，没想到……

• 那束玫瑰花

高三那年，教我们语文的老师，是一位重点大学刚毕业的学生。老师名叫夕颜，喜欢穿着学生装，给我们上第一节课时，还羞羞答答的。

老师很美，美得让我那节课根本没有认真听讲，只是看着她。看她乌黑锃亮的短发，看她柳叶眉下清凌凌的潭水，看她嫩白的脸颊漫着的淡淡绯云，看她……有几次，我们的目光碰到一起，我便有了一种触电的感觉。

老师讲了会儿，布置了作业题，让我们做。老师踱到讲台下，转了圈，而后坐到我身边的空位上。嗅着芬芳的肤香，我感觉自己好像不是自己了。后来下课了，我还是坐在座位上，中间的课间操，也没去做。更可笑的是，那天中午，我没有回家吃饭，就那么静静地坐在座位上。生怕离开了，那种芬芳的肤香就散去了。

下午没有语文课，可我还是希望语文老师能来给我们上课。

放晚学的时候，我看见老师拎着水瓶打水，便跟踪了。老师住在学校的单身宿舍里，门前有一棵大榕树。

我记住了那棵大榕树。

那天晚上，走在皎洁的月光下，我手捧束玫瑰花，躲着人，靠近了那棵大榕树，把那束玫瑰花轻轻地插到老师宿舍的门头上。

踢着月光往家里赶时，心情好多了。

夜晚躺在床上，瞪大两眼，看着窗外挂在树枝上的月亮，老师笑盈盈地向我走过来。老师说，这大好的月色，不欣赏，倒可惜了。我明白老师的意思，抓过老师嫩如葱根般的玉手，向后山跑去。后山不高，身上却爬满青草，我们躺在茵茵草坪上，看月宫里张果老不停地忙乎，听山风小唱轻吟，后来我们兴致高起来，我们跑到山顶上，可着嗓门喊：

明天你是否会想起
昨天你写的日记
明天你是否还惦记
曾经最爱哭的你
……

要不是父亲拍着房门，吼，夜深人静的，乱嚷嚷什么！我们也许还会喊下去。那会儿，我真恨透了父亲，尽管我知道那只是个不真实的梦。

后来几天，老师没来给我们上课，据说是请假回去了。

那些日子，我真的觉得食无味睡不香了，更没心思听课做作业。就在我几近崩溃的时候，老师回来了，身边，还跟着位帅气的小伙子。见了人，老师就说，这是男朋友。

如晴天霹雳，我懵了。那一刻，我觉得自己好像走到了生命的边缘。

但我没有就此沉沦。我暗暗下定决心，好好学习，考上名牌大学，让成就辉煌我的人生，让事业浇铸我的情感。此后，我便投入到紧张的学习之中，心无旁骛。天道酬勤，我终于考上北京大学。

两年后，在大学的林荫小道上，居然碰到了夕颜，我真的不敢相信。夕颜嫩如葱根般的玉手抓住我的手时，感受着那熟悉的芬芳，我才知道，站在我面前的，的确就是我的老师夕颜。她没有什么变化，依然美艳欲滴。

夕颜告诉我，送走我们那一届学生后，她就开始考研，现在算是如愿以偿了。

那天晚上，就在学校不远处的小酒楼里，我们喝了很多的白酒。

夕颜可能是不胜酒力，软在沙发上，樱唇里还跑出话来。夕颜说，你这个学生，不本分，知道送老师玫瑰什么意思吗？还说，我要不是租个男生演场戏，你能考上？

原来……

● 那天晚上

那天晚上，月色柔柔。

我抱着三岁的女儿，站在窗前。女儿哭，有气无力的那种。我轻轻拍着，哼着摇篮曲。可，我的女儿，仍哭个不停。还喊，饿——

我说宝贝，睡，睡就不饿了。

女儿仍是哭，哭着哭着，睡了。

我把女儿放到床上，而后，走出屋子。

晚风柔柔。

我扫视四周，除了空茫的夜色，仿佛什么也没有。我胆大起来。但我还是猫着身子，像一条觅食的狗，走走停停，停停走走。有几次，我想返回，可女儿那张饥饿的脸，在敦促我。我只好继续前行。

前面就是玉米地，柔柔月色下，朦胧而诡秘。站在玉米地边，我还是犹豫不决。念书时，我是少先队员；务农时，我是先进社员。我怎么能干这种龌龊的事呢？但我还是干了。

我挤进玉米地里，站在正与晚风热聊的玉米林里，伸手掰下一根玉米。我把它送进贴身的衣兜里，藏好。准备撤退。

有急急的脚步声响过来。

糟糕！我心颤起来，我知道偷集体东西的后果。我连忙拽出藏好的那穗玉米，把它放回原处。

脚步声停下来。

柔柔月色下，我看见一个熟悉的身影，我懵了：怎么会是她？我揉揉眼睛，不错，就是她，寡妇张琴。她要干什么？难道……

她的确和我一样，也是……

看她掰下一根玉米后，我释然了。我想，我们是一路人了，还遮掩什么？我蹿出去。

见我站在面前，她惊讶得好半天才挤出一句话来，她说，你也在呀！说后，她扔下那根玉米，转身跑了。

就是她扔下的那根玉米，犹如一枚炸弹，在小村炸开了。

翌晨，生产队长寻田，发现了那根玉米，怀疑是阶级敌人破坏，报告到大队部，大队长很重视，报告到公社，公社书记认为是典型的阶级斗争新动向，从全公社调集基干民兵过来，一时间，村子上空乌云密布。

她找到我，告诉我说，无论什么时候，你都不要承认。因为你有女儿，要是承认了，女儿要背一辈子黑锅。她还说，我寡妇一个，无牵无挂。她要走时，我拽住她，我说，张琴姐……

我哽咽着说不出话来。

不久，传来她喝农药自杀的消息。

我跑过去时，看见一圈人围在她尸体旁。队长手拿着她的认罪书，板着面孔，在吼：畏罪自杀！

我没有理睬队长，趴到她身上，恸哭起来。

多年后，女儿长大成人，参加了工作。女儿每次回来看我，我都带女儿到张琴的坟上，燃黄表纸，烧香，磕头。

一次，女儿问我，娘，这坟里躺的是什么人啊？

我说，娘，比我还亲的娘。

女儿一脸茫然。

● 那年高考

许多年前的事了。

那时，高考时间是在七月。五月份，有一次大型的筛选考。筛选上的，方能参加七月的全国大考。

幸运，筛选考后，我榜上有名。

按照学校的安排，我们这些"准考生"，要在学校强化一个月后，各回各家，自由复习。

在家自由复习时间，正是家乡的"双抢"（抢收麦子抢插秧苗）季节，父母忙得不可开交。特别是父亲，好像比我睡得还少。那时候，我每天4点准时起床，夜里12点才睡。中间用餐，都是母亲送到书房来。见父亲忙成这样，我于心不忍。

那是一个太阳如火的午后，父亲在房前的场地拍打麦秸。

父亲举着竹编的拍子，每打一下，摊在地上的麦秸，都滚起一阵白烟，白烟与天上下着的火裹着父亲，父亲光着上身，黑瘦的肌肤上淌出一条条浅白的水沟。

见父亲如此辛苦，我推开书本，出去也抄起那竹编的拍子，学着父亲的样子，拍打起来。父亲发现了我，一把夺过我手中的竹拍，凶："都快考试了，谁让你干了？滚——"

我回到书房，眼噙泪水，暗暗发誓：一定不让父亲失望。

或许是受父亲的感染，也或许是心里贮藏着对父亲的感恩，每每学习起来，更加投入了。常常，通宵夜战，即使躺在床上，脑子里也是再现着白天复习的内容。时间，一分一秒，都不愿浪费。偶尔倦了，想想父亲，便又精神起来。

父亲夸我懂事了。

但没过多久，父亲又狠狠凶了我。

那天，我趴书桌睡着了。

咔擦咔擦，炸响的雷声，惊醒我。我抬起脸，外面电闪雷鸣，雨似倾天而倒。

电闪雷鸣中，父亲正在外面的场地上抢运麦子。刚打下的麦子，正在场地晒着，没料到这暴雨突然而至。

父亲扛着笆斗，来往如飞。我什么也没想，放下书本，抄起笆斗，就跑了出去。

被父亲撞个正着。

父亲抬脚踢飞我手中的笆斗，啪，扇过来一巴掌，凶："都快考试了，谁让你干了？滚——"

还凶："就是这麦子都给暴雨冲走了，也不用你操心。"

我回到书桌前，透过窗子，看见父亲在雨帘里，来回跑动。泪水，泪泪涌出。

还有三天就要考试了，按照学校的安排，我们要返校，接受科任老师考前指导，领取准考证，熟悉考场。

这些天在家复习，还真是积累不少问题，还不到2点，我就爬起来了。经过父母的房间时，听到里面有说话声。

母亲说："那地方淹死过不少人，都不敢去了，你敢去？"

父亲说："知道，好远没人家，周围都是坟头。"

母亲说："那你还去？"

父亲说："娃黄皮寡瘦的，不补补，咋行？"

母亲说："去其他地方呢？"

父亲说："天干，河都干了，没鱼。"

母亲说："那我随你一块吧！"

父亲说："不行，娃还要吃饭呢！"

母亲说："那你可要小心些，网到鱼就回来，别贪心！"

父亲说："好的，够娃吃，就回来。"父亲这样说过后，推门出来。

我慌忙躲开，但泪水，却很响地砸到地上。

经过我的房间时，父亲站了会。之后，背着渔网，轻轻地走了。

望断父亲走进夜色里的背影，我真想跑过去，抱住父亲，不让他去。可我没有。我知道父亲的脾气。

后来，我考取了洛阳师专，接到录取通知书那天，父亲把家里看养的猪杀了，请来左邻右舍，在外面的场地上，摆了几桌。

我没见父亲喝过酒，可那一次，父亲喝了很多。

父亲醉了。

我把父亲扶进屋，扶到床上。

父亲躺了一会，挣扎着起来，还要喝。

我说："爹，你都醉了，不能再喝了。"

父亲说："爹高兴，爹就是还要喝……"

青葱岁月

茶吧。

她坐对面，眸子撂在茶杯的口沿上，目光插进茶水里。他望着她。

沉默。时间仿佛被定格。

那年，天还没亮，他就等在路口了。

她走过来。

他拉过她手。她想拽回去，可拽了几下，没有拽动。

他们边走边说着话。距离学校有十二里地，说话有的是机会，可他们，还是觉得有说不完的话。之前，他约过她，给她过纸条。她都没有反应。他们是同学，又在一个大队住。直到昨天，课间的时候，家住街道的胖个子女生欺负她，他上去捆了胖个子女生的嘴巴子，还凶，农村来的怎么了，我们成绩不比你差。她受了感动，答应今天与他一块去学校。

天渐渐亮了。

雾重。能听到人的讲话声了，还是看不见人。

他觉得这是上天给他们创造的机会，心窝里的话，就一骨儿往外掏。她也是，芳动的春心，欢快地跳个不停。

坐在教室里，头两节课，他还没办法听进去老师的讲解。第三节课后，他发现她的座位空着，正准备问问情况，班主任在门口喊他了。

随班主任到办公室的路上，他看见了她。她眼圈红红的，见他，迅速转过脸去。

他突然生出一种不祥的预感。

果不出所料，他刚进办公室，班主任就发起威来。他想解释，可他没有。班主任凶得没错，他是拉着她的手了，也对她说过很多暧昧的话。他还真想告诉班主任，就是爱她了，怎么着。可他没说。他知道，一旦承认了。他就没资格考大学了。她也一样。

班主任在凶过他后，语气柔下来，提了些要求，让他回了教室。

回教室后，他一直趴着，午饭，也没吃。

下午上课，他偷眼看她的座位，空着。他心乱起来。后来放学了，也没看见她。本来，他是不打算回家的，可他，放不下她。赶到她家时，天已黑了。他借口自己今天没有去上学，问问她老师布置的作业。她父亲热情地把他让进屋里，说我们家秀什么时候能这么知道学习就好了。只是，他没有见到她。

他连夜赶回学校，一打听，她也不在学校。

是去哪儿了呢？

一夜无眠。

翌日，他请了假。跑到她家里，她父亲的脸色就不大好了。当然，他还是没有见到她。但他没有泄气。那段时间，每天晚上，他都在学校和她家之间的那条路上走着，走到很晚。他希望能碰见她，可他没有。她就像沙漠里的一泓清水，让灼热的太阳蒸发了。

他端起茶杯，呷口。他说，你是去哪儿了？

她目光从茶水里拔出来，搭到他的杯口上。她说，去了两百公里外的姥姥家里。

没有读书了？

读了。她轻轻将茶杯放到唇边，沾下，继续说，后来没考上大学，就随便嫁了。

哦……

她嘴唇动了动，像是还想说些什么，没说。她站起来，也没有向他道别，随手拎起放在一边的包裹，转身走开。

他说，我开车送送你。

她没应答。

外面冷风刺骨，她捋捋额前的刘海，向一中走去。女儿在一中读高二，她是来给女儿送棉衣的。半路上，她看见女儿的左臂弯在身边男孩的右肘里，正迎面向她走过来。她愣了一下，旋即躲到路边光秃秃的树干后面，像贼一般。

• 帆布书包

天刚刚亮，娘就起床了。

娘没有点灯，娘在黑暗里摸索着穿好了棉裤棉袄，然后开门出去了。天空，有几粒星星，缩着头，瑟瑟地抖着；地上，隐约可见的白霜，透着冷飕飕的凉气。娘搓着手，向菜园里走去。

娘拔了两篓青菜，挑着，上路了。

娘走了一程，身子热了，脸上，还冒着汗珠。娘想歇歇，但没有。娘要赶在天亮之前，赶到集市。

前面的一段路，娘实在没胆量过去。娘停下了。娘喘着气，眼睛盯着那段路。那段路，娘心里清楚，羊肠子样，摆在坟茔地里，就是白天，也瘆人，何况……娘这样想着，着急起来。娘怕到集市上迟了，菜不好卖。娘咬过几次牙，壮壮胆子想走过去，可还是没有。

娘不敢。

身后有脚步声响过来。

娘头发竖起来，娘问："谁？"

"我——"张小奈的声音。

娘喜出望外，娘说："小奈，这大冷的天，你这么早，要去哪儿？"

张小奈接过娘的青菜挑子，说："我上茅厕，看见人影，就跟过来了。"

娘说："跟来干啥？"

张小奈说："怕你害怕呀！"

娘被感动，娘说："小奈，婶平时说话，有得罪你的，不要记仇啊。"娘知道队上的人看不起小奈，娘也看不起小奈。二十多岁的人，游手好闲，能有人看起吗？

张小奈说："婶你说啥呢，婶你那是让小奈好，小奈心里感激着呢！"

娘与张小奈走着说着，天就亮了，集市就到了。

娘好说话，菜又新鲜，很快，就卖完了。

娘挑起空篓，看着守在身边，一直帮着忙乎的张小奈，手伸进衣兜。娘摸出那卷卖菜的钱，一分二分五分壹角贰角的纸票，数了又数，想抽出五分，买根油条给张小奈吃，可娘没有。娘怕一旦花了，买书包的钱就不够了。娘心怀愧疚地告诉张小奈："小奈，婶买书包后，要有余钱，就买油条给你吃。"张小奈哈哈笑起来，还说："婶，你不说，小奈还真没想到呢。"说后，张小奈就往对面的油条店走去。

张小奈买了根又大又粗的油条，硬塞到娘手里。娘不接。张小奈就往娘嘴里塞。娘活这么大，还没有在街上吃过东西。见那么多人看着她，娘只好吃了。娘抹抹嘴，像做了错事般，急急地离开了。

娘走进供销社门市部。

娘看中了一个黄色的帆布书包。

娘花了两块九毛二分钱，买下了那个帆布书包。娘拎着书包走出来时，张小奈上前接过娘肩头的挑子。

看着张小奈挑着空篓走在前面，娘心酸起来。娘做人不愿欠着人家，娘想买根油条还张小奈，可这书包，娘瞅眼手里的帆布书包，刚好用光了卖菜的钱。娘觉得很对不住张小奈。

太阳，悬在空中。

娘累得腿都不想抬了，肚子也咕咕地叫。自己还吃根油条，娘想，张小奈什么也没吃。娘这样想着，来到一块萝卜地边。冒出地面的青萝卜，让娘的灵魂突然肮脏起来。娘想拔一个萝卜，给张小奈吃。娘正犹豫着，张小奈忽地坐下来，目光在那块萝卜地上扫过后，停在娘脸上，充满期待。娘四下里看看，见没有他人，飞快地拔起一个萝卜，揣着，向张小奈走去，娘说："小奈，快走！"说着，娘将萝卜塞到张小奈手里。张小奈像被针扎了一般，慌忙推开，还说："婶，你吃。"

娘回来的时候，已过午了。

娘把书包按到我怀里，娘说："小祢，看娘给你买什么了？"

我捧着书包，高兴地雀跃着，还喊："我有新书包了——"

翌日，我正坐在教室里，摆弄着我的新书包，老师过来叫走我。

老师说："你娘上吊了，快回去！"

我不相信。

但当我远远地看见家门口围着的黑压压的人时，我预感到不好，号哭着挤进人群，扑到娘身上，哭喊："娘——"

娘没有理我。娘永远也不会理我了。

后来，我一直在想，娘不是好好的吗，怎么说上吊就上吊了呢？很长的一段时间，我都这样想着。直到有一天，爹说张小奈被推荐上大学了，我才找到答案。

那天中午，爹去张小奈家喝喜酒，太阳都偏西了，还没有回来。我怕爹喝醉了，去找爹。张小奈家有一片竹园。就是在那片竹园里，我知道娘为什么会上吊了。当时，我正走着，忽有声音传过来。

一个说："推荐张小奈上大学，凭什么呀？"

另一个说："张小奈觉悟高。"

一个说："就他那样子，觉悟还能高？"

另一个说："他举报小祢娘偷拔队里的萝卜，还不高呀！"

• 相聚

　　突然想回乡下看看，就回了。

　　豹子蹲在墙根边，眯缝着眼，晒太阳。见了我，豹子慢慢站起来，双手解开缠在腰上的稻草绳，说："黑蛋，你咋来了？"我上前双手抖着豹子的手，说："有二三十年了吧？"豹子咧着嘴，笑，连声说："是啊是啊！"我们就那样站着，两双手攥在一起，说着这些年的事情。

　　虎子路过，见了我，猛地插到我与豹子中间，说："黑蛋，还认识我吗？""认识认识，怎么会不认识？"我双手松开豹子，抓住虎子的手抖起来。虎子显然是被感动了，眼角滑出了泪水。

　　豹子说："大冷的天，走，到家坐去。"

　　进了屋，里面冷冷清清的，与外面没有什么大区别。豹子抱来一捆柴，放在屋中间，燃上，伴随着柴火的味道，屋子里暖起来。

　　我们面火而坐。

虎子说："还记得吧，那年夏夜，我们偷队里的西瓜，被看瓜的刘老头发现了，我们知道完了，没想到，后来居然没有事。"

豹子说："也可能刘老头根本就没有发现。"

我说："刘老头是发现了，只是他没有向队长报告。"

虎子说："那要是报告了，你后来还能去念大学？"虎子看着我。我说："那是。"还说，"刘老头真是个好人。"我这样说着时，就站了起来。

虎子说："你要去哪？"

豹子也说："你要去哪？"

我说："我要去看看刘老头。"

虎子说："那我带你去。"

豹子说："那你们去吧！"

虎子带着我，出了门。冷风嗖嗖地响。走了一会，知道是往村后的乱坟岗走了。我心里凄楚起来。我说："刘老头他不在了？"虎子说："享福去了。"

站在坟前，虎子说："刘老头，看看谁来了？"说后，虎子退到我身后。

我跪下，磕过头后，说了一些感谢的话。当初，自己被推荐上大学，刘老头要是吱一声，不就没戏了。这样想来，便越发觉得欠着刘老头了。

返回的路上，虎子说了刘老头的事。分田到户后，他得了哮喘病，干不了重活，家里的田地荒了，又没儿没女，一个孤寡老头子，想不开，也就顺理成章了。

"刘老头是自杀的？"

"是啊，也是下了狠心的，足足喝了半瓶敌敌畏。"虎子小时候眼泪就软，这会儿，声音就有些哽咽了。

坐到豹子屋里的柴火边时，虎子还在哽咽。

豹子还真麻利，就这会功夫，做了一大桌菜。豹子拍拍虎子，说："黑蛋难得回来一次，高兴点。"虎子抹抹脸，扯我坐到上席，倒了三碗酒，边吃边喝边聊。

豹子说："这些年，种着几亩地，闲时，到建筑工地提提灰篓子，吃穿算是不愁了。"

虎子说："我也是，除了种地，还学会了杀猪宰羊，这日子，也算是可以了。"

我说："这农村，真是可以大有作为，不像城里……"说到这里，我手点着这桌菜，说："要是在城里的酒店，没个千把元，结不了账。"这样说过后，我感慨起来，我说："我现在是主任医师了，月工资五千元，这要搁乡下，应该够花了，可城里就不一样了，你说什么不用钱？"

豹子说："黑蛋你离开久了，搁乡下，你那点钱，现在也不能算钱了！"

虎子也说："就是啊，现在……"

我忙打断虎子的话，我还能不了解虎子，几盅酒下肚，上天摘星星都敢，我说："喝酒喝酒。"

后来迷迷糊糊的，我离开了。也还隐隐约约地记得，我告诉豹子虎子，一定到城里来玩，并留下了手机号码。

一年后，虎子来了。

我说："豹子怎么没来？"

虎子眼泪就滚出来了，虎子说："豹子来不了啦。"

我说："怎么了？"

虎子说："你还主任医师呢，豹子得的病，真的没看出来？"

"豹子得什么病了，现在怎么样了？"我有些急不可待。

虎子抹抹脸，说："开始也不是什么大病，没钱治，耽搁的。"

"豹子他……"我有些不相信，"听他那口气，会没钱治病？"

"那家伙与我一个德行，就知道吹。"虎子说，"一个月前，走的。"
见我愣着，虎子又说："其实，我这次来，还有一件事，刘老头屋里那瓶敌敌畏是我拎去的。当时，刘老头病在床上，我是看在当年他没有报告队长的事上，经常去看他，那天刘老头说园子里的菜生虫了，让我帮他买瓶敌敌畏，我怎么也没有想到……"

• 自首

我站在河边，河水滚涌咆哮。

我闭上眼睛，纵身，跳了下去。有女子，惊呼：干什么，你？

我睁开眼，看见女子，裸身，双手捂脸。臭流氓，女子骂，还不快滚？

我只好，慌慌张张地，逃上岸来。

真是巧了，我想，这滚涌的河水，怎么会有女子洗澡？

但女子的双眼，正瞄着我，脸上，写着愠怒。

我不敢正视那双眼，转身，走开。

不远处，是一座山。我往山上爬去。山是石山，光秃秃的，烈日下着火，手触处，冒起一股青烟。

我没有停歇。

肉的焦煳味，弥漫。心，像是被扎万根芒刺。

活该！我警告自己，做了那么多坏事，认命吧你！

终于，我爬上山顶。俯视，淡淡云雾下，不见崖底。

我对天长叹：作孽啊，作孽！随后双目紧闭，面崖，倾身。

一声断喝：谁人造次？

我睁开眼，见一老翁，鬓发斑白，手捋胡须，脸罩凶恶。

我说，这山，难不成是你的？

老翁哈哈一笑，说，你小子还真有眼力，不错，这山，俺承包了，你要有什么想法，请另寻他处。

我腿一软，给老翁跪下。我说，老伯伯，看看我这满身伤痕，哪还下得了山哦，你就让我……

老翁听此，哭号起来，还说，俺承包这山，还没见利，你要是……你这不是要俺这条老命吗？

作孽！我一将死之人，还要连带老翁受牵连，真是作孽啊！这样想时，我忍着剧疼，沿着来时的山路，连滚带爬地下山。

虽然下了山，可我，已体无完肤。我在山脚躺了一阵，看看日头偏西，心焦起来。无论如何，也要赶在天黑之前，结束我这具肮脏的骨肉。没办法，我只好忍着剧疼，向前面走去。

是一片柿子林。

柿子红了，晚霞照在上面，火烧一般，煞是好看。

一帮小男孩，在里面穿梭，叽叽喳喳着。见我走近，一个个伸长着脖颈，怪怪地看着我。

我没理睬他们，径直走到一棵柿子树下，在树丫上系了一条绳子，挽了一个圈，在我将头往那圈里放时，就听一个小男孩大叫：那人要摘柿子！

接着就有声音响起来：不让他摘！

接着就有脚步往这边跑，还喊：赶走他！

接着就是雨点般的拳头落到我身上。

我醒了。

妻坐在身边，见我醒了，扑到我怀里嘤嘤哭起来。我抚摸着妻柔软滑腻的秀发，眼角里盈着泪水。我说，我要自首！

妻点点头。

还说，去吧，妻等你！

● 神秘舞女

一九四二年，我爷爷说，他当时是党的地下交通员，那天他奉命到隆轰轰酒廊取回内线传出的机密文件。

他走进酒廊，寻了张靠窗的桌子坐下，将礼帽反扣在桌边，这是发出的联络暗号，可就在这样的时候，爷爷发现有两个可疑的人溜了进来。

凭着多年的地下斗争经验，爷爷断定是军统的人，爷爷迅急取消了联络暗号，并故作镇静地喝茶看台上的舞女。

舞女穿着短短的开胸裙，蜂腰肥臀，优美的舞姿牵过去无数眼球。

爷爷虽然也在看着舞女，但内心里，却在思量着，怎样摆脱那两个军统特务，完成任务。

那两个军统特务好像是坚定了自己的判断，在爷爷前后的桌子边分别坐下来。这时候，爷爷发现了他要接头的人，那人将礼帽反拿着，在寻座位。坐在爷爷身后的军统特务向那人迎上去，情况万分危急。

舞女跑下台，玉臂环住那个特务的脖子，像久别的情人，亲昵。

爷爷见是个机会，扑向前面的桌子，左手拧过那个特务的头，右手一抖，那家伙便把小命交了。

接着，爷爷冲着那人，将礼帽重重地反扣在桌边，那人明白，随爷爷跑出酒廊。只是，酒廊外面已被敌特包围。

那人将文件交给爷爷，喊声快跑，而后抽出手枪，冲敌特迎上去。爷爷冲那人喊声保重，纵身跃上房顶，敌特紧追不舍。

爷爷翻墙越脊，还是不能摆脱敌特的追击。

爷爷气喘吁吁，快跑不动了，正准备将文件吞进肚里，与敌人决一死战，忽见前面开过来一辆黑色汽车，车里的女子冲着他喊，快上来。

爷爷蹿上去。汽车疯跑，把敌特甩在后面。

汽车在一条小土路边停下来。

爷爷这才发现救他的竟然是那个舞女。

爷爷说，同志，谢谢你！

舞女扑闪着大眼睛，看会儿爷爷，而后摇摇头。

爷爷说，同志，怎么了？

舞女表情很复杂，像是有很多话要说，但只冒了句"错了"，就让爷爷下车，独自开车走了。

错了？爷爷望着汽车卷起的烟尘，心说，难道她是认错人了？

爷爷脑子里保存了舞女。

爷爷完成任务后，组织上考虑到他可能已被敌人盯上了，就让爷爷去了解放区。那时候，解放区缺医少药，处境十分困难。爷爷主动请缨进城去搞药品。

爷爷在城里做过地下交通员，很熟悉情况。尽管药品很难搞，但爷爷还是搞到一些。没想到，爷爷在出城时被敌哨发现了。

当时是深夜两点多，爷爷潜伏在距敌哨不远处的暗影里。看见守岗的敌人倦倦的样子，人又不多，爷爷决定冲过去。没想到，爷爷还没动作起来，就被敌人发现了。爷爷只好抡起双枪往前冲。

爷爷枪法准，子弹出镗，就有人倒下。

眼看只剩下两三个人，爷爷的后脑勺却被硬硬的家伙顶上了，敌人的援军也在往这边赶，情况十分危急。

爷爷想，自己牺牲倒没什么，只是这些药品……这时候，就听啪啪啪几声枪响，三个敌人应声倒下，一黑衣蒙面人拉过爷爷拼命跑，飞一般越岭过冈。

后来见敌人没有追上来，才停下。蒙面人扯下面具。爷爷见了，大惊。怎么会是你？爷爷说。

蒙面人扑闪着大眼睛，看会儿爷爷，而后摇摇头。

爷爷说，同志，怎么了？

蒙面人面上的表情非常复杂，像是有很多话要说，但只冒了句"错了"，拔腿便走。

错了？爷爷望着舞女融入夜色里的身影，一脸狐疑。

爷爷真想赶上去，问个究竟，但爷爷没有。爷爷要赶紧回去，不知有好多生命在等着他呢！

爷爷想向组织报告这件事，但爷爷没有。凭着多年的地下斗争经验，爷爷明白，不该说的，就不能说。

只是，没事的时候，爷爷就想着舞女。有几次，爷爷想把她从脑海里删除了，可就是下不了决心。

一九四八年，国民党大势已去，新中国的成立指日可待。

已是红色政权县委书记的爷爷，又见到了舞女。

当时是开镇压敌特现行反革命分子公审大会，爷爷坐在主席台上，会场群情激愤，一个个被捆绑着的敌特现行反革命分子耷拉着脑袋，完全丢落了昔日的威风。

但有一人，却高昂着头，一副凛然的样子。

这个人，引起了爷爷的注意。爷爷望过去，觉得面熟。爷爷离开主席台，走到那人面前。爷爷惊了。是你？爷爷亲手给舞女解了捆绳。

舞女昂着头，脸色平淡，没有想象中的惊喜。

参加公审大会的领导显然对爷爷的做法不解，有人公然指责爷爷，质问爷爷怎么把国民党特务松绑了。

爷爷理直气壮。爷爷说，她不是国民党特务，她是我们的同志。接着，爷爷讲了舞女两次救自己的事。

爷爷讲后，目视着舞女。没想到，舞女愣会儿，竟然说，别听他胡说，我根本就不认识他。

哗——

全场哗然。

这下，该爷爷懵了。

爷爷清楚，袒护一个国民党特务会是什么下场。

后来，爷爷被免去了县委书记职务。

爷爷闲在家里，没事的时候，就念叨这件事。爷爷说，那个舞女之所以不肯承认，他猜测有这样几种可能：

其一，她的的确确就是国民党特务，罪大恶极，虽帮助过他，可也免不了牢狱之灾；

其二，她做舞女，身子可能脏了，不愿活在这个世上了；

其三，她曾有过恋人，而且这个恋人与自己长相相似，救他，是认错了人；

其四，她就是党的一位地下工作者，与党失去了联系，怕说不清，怕牵连了他；

其五……

—*End*—